U0000429

CTER FILE

Misfortune † Seven

瑞文

Age 25

「看到我小弟今天在戰場上多厲害了嗎？」

性格

血鴉軍團團長，戰場上冷血無情，所向披靡。喜歡指揮下屬，操控敵人，但有迷戀身在敵營的弟弟的傾向。

C H A R A C T E R   F I L E

Misfortune † Seven

朱諾

Age 24

「用一個吻跟你換一則八卦如何？」

性格

血鴉軍團情報官，擅長偽裝混入敵營竊取情報，尤其擅長假扮女裝。多次扮成女裝欺騙軍團內的純情少年亞森占便宜。

CHARACTER FILE

Misfortune † Seven

威廉

Age 16

「……」

性格

看起來嬌小柔弱、沉默寡言，卻是血鴉軍團裡人稱「死神」的哨兵，所到之處都會帶來死亡，唯一殺不死的只有敵方號稱「幸運白獅」的萊特。

CHARACTER FILE

Misfortune † Seven

亞森

Age 17

「投降，下跪，
宣示向血鴉效忠！」

性格

個頭雖小，但揮舞起軍旗威風領領的血鴉軍團軍旗手，上戰場時總是帶領著軍團前行。曾經喜歡上叫「茱莉」的女人，事後發現是女裝朱諾，身心受創。

GOBOOKS
& SITAK
GROUP©

GOBOOKS & SITAK GROUP©

三日月書版

三日月書版

輕世代 FW371
三日月書版
13
著 碰碰俺爺
畫 woonak
MISFORTUNE SEVEN
夜鴉事典
往昔之囚

夜鴉事典

Misfortune † Seven

CONTENTS

CHAPTER 1

友善的獅子

骨針在暹貓女巫的指揮下開始跳動。

這次的抽籤有些特別，桌上的渡鴉石雕只有一隻，圍繞著它轉的骨針卻有各種顏色。它們在渡鴉的石雕像旁開始跳動，圍著它轉圈，好像它是某種戰利品似的，誰能先搶到就是誰的。

瑞文坐在大廳的中央，備選的督導教士們站在一旁，竊竊私語地討論著什麼。有人說無論如何也不想被抽中這麼危險的工作；有人則是希望能有個機會被抽中成為督導教士，這樣日後要往上晉升會方便許多；有人則是安靜不語，不知道在想什麼。

瑞文坐在中間，心臟跳得很快，他只覺得徬徨。

達莉亞的精神狀況不佳，柯羅又獨自一人在家……太多事情值得擔心，這讓瑞文無暇去顧慮他的初次抽籤，直到旁人的爭執打散了他的注意力。

「他才幾歲，連領帶都還沒拿到，他們要讓一個孩子開始擔負起成年巫族的責任？」

「沒辦法，達莉亞現在連露個臉的能力都幾乎沒有了，但黑萊塔還是需要一個極鴉家的男巫作為支柱。」

嗚蟾女巫在一旁和狼蛛男巫私語著，他們大肆談論著瑞文，彷彿瑞文不在現場一樣。

瑞文深吸了口氣，桌上的骨針紛紛掉落，有許多人已經被淘汰掉了；他們有的鬆了口氣，有的看起來有點惋惜，但大部分是鬆了口氣。

被淘汰的備選督導教士們紛紛離去，只剩下幾個人在現場。

瑞文不希望抽中他的是鷹派教士，他們家族的人不像銜蛇家的伊甸那樣，擅於和那些虛與委蛇的鷹派教士交好。

逐漸瘋癲的母親和年幼的弟妹已經讓他心力交瘁，他現在最不需要的就是一個會冷嘲熱諷的伙伴。

瑞文感到窒息。

然而就在這個時候，所有的骨針豎立，其中那些白色的骨針擊敗了所有顏色的骨針，全都黏到了他的渡鴉雕像上。

瑞文表面波瀾不驚，視線卻還是忍不住尋找起屬於他的督導教士身影。

「我怎麼就一點也不意外呢？」暹貓女巫看到獲得選擇、被占卜出來的教士從離開的人群中站出，她臉上只有無奈。

而在看到被選出來的教士後，狼蛛男巫臉色一下子變了，他一掌拍在桌子上，很不給對方面子。

「為什麼你這傢伙還有臉待在黑萊塔裡擔任督導教士？」

「你這麼激動幹什麼？」嗚蟾女巫無法理解。

瑞文也無法理解，他不知道這位前輩和這名教士之間有什麼過節。

而自始至終，那名沉默的年輕教士就只是站在那裡，神情落寞，沒有辯解，但也沒有離開的意思。

第一眼，年輕教士就讓瑞文印象深刻。他有頭看起來很柔軟的褐髮，年紀可能不比自己大上多少歲，最特別的就是那雙像大海般湛藍的眼珠。

「他根本沒資格繼續待在這裡！」狼蛛男巫還是相當反感。

「我們暹貓家骨針的選擇是不會錯的。」暹貓女巫只是冷冷地回應，「他是這裡最適合瑞文的人。」

在場似乎沒人能理解狼蛛男巫究竟為何如此不悅，只見他握緊拳頭，幾度張嘴欲言，幾乎有什麼事情就要脫口而出。

但在看了眼瑞文和那名教士後，狼蛛男巫只是恢復成一臉冷漠，最後悻悻然地轉身離去。

「他誰都不適合，他應該下地獄去。」離開前，瑞文聽見狼蛛男巫喃喃自語地說著這句話。

瑞文一臉茫然，直到暹貓女巫用她那冷淡的聲音說道：「那麼瑞文，這就是你接下來的督導教士了。」

瑞文抬頭，等著年輕的教士也抬起頭來。

「抱歉。」教士抬起頭，態度溫和有禮。

瑞文根本不知道對方在抱歉什麼。

年輕的教士對他伸出手，自我介紹道：「很高興認識你，我將在接下來成為你的督導教士。」

瑞文猶豫片刻，直到對方又露出了那種充滿歉意的笑容，他才伸出手。

「我叫昆廷，昆廷．蕭伍德。」教士說，他的手握了上來，掌心溫潤而厚實。

「我是瑞文，血鴉瑞文。」

「我知道，請多指教。」教士依然保持著微笑。

初次見面的印象並不太差。

濃重的白霧從森林裡逐漸褪去，灰色的天空再次露臉，這次它開始落下白雪。

躺在枯葉上的瑞文看著雪花滿天紛飛，有一瞬間他的世界變得異常安靜，直到黑煙裊裊竄升，而那個身上滿是髒汙和擦傷的年輕教士撲了過來。

「瑞文！」

瑞文看著出現在他面前的男人，昆廷．蕭伍德。

昆廷一臉擔憂地望著他，他那雙眼睛裡帶著水光，此時清澈得看起來像夏日陽光下的大海。

瑞文環顧四周，滿身狼籍的他橫臥在雪松樹林之間，地上全是折斷和燒焦的樹枝殘骸。餘火延燒著森林，但很快就被落下來的大雪覆滅。

「你還好嗎？還有沒有哪裡受傷？」不顧被血汙沾染的風險，昆廷脫下那件對教士來說相當重要的教士袍往他身上覆蓋，深怕他會凍僵似的。

瑞文並不感覺冷，他只覺得疼痛，腹部像炸裂一樣，有東西在裡面掙扎，「我沒事。」但他依舊逞強地說。

「別逞強。」昆廷卻像是看透了他，將手按到他的腹部上。

瑞文沒有作聲，他看著昆廷手裡破敗的聚魔盒。

他和昆廷已經出過好幾次任務了，但隨著案件難度逐漸提升，這項工作對瑞文來說負擔也越來越重。

這次的案件發生了點小意外。

他們在一處雪松森林裡追捕到一隻形似禿鷹的無主使魔，但這次的使魔卻出乎他們意料的強大。由於聚魔盒的力量不足，在瑞文將使魔誘騙進入聚魔盒並試圖將之囚禁時，聚魔盒碎裂了。

使魔趁著瑞文防備不及掙脫聚魔盒，並且將他原先所擁有的一隻禽類使魔撕裂開來；而當牠正打算攻擊瑞文時，是昆廷不顧危險從後方拿著獵槍射擊使魔，引開了使魔的注意力。

人類武器雖然對使魔沒有效力，但昆廷很清楚他只是負責替瑞文引開使魔的幌子而已；他邊攻擊邊叫喊，激怒使魔攻擊自己，讓瑞文有了時間在使魔身上使用巫術。

兩人很有默契地合作，在使魔擊中教士前，瑞文用巫術引發了雪松林的大火，將其逼入大火之中，逼得使魔不得不與他進行交易。由他提供巢穴和糧食，繼而讓使魔服從，入住於他的體內。

任務依舊順利完成了，但如果不是昆廷，他可能小命不保。

「我真的沒事。」瑞文說，他坐起身來。

他看著自己的腹部，伸手覆蓋在昆廷的手上。腹部的騷動稍微鎮靜了點，雖然和野生使魔的磨合一定會帶來痛楚，但還能忍受。

昆廷看起來鬆了口氣，但在看到瑞文手臂上的傷口滲血時，他還是隨即皺起眉頭來。他一邊撕扯著他的教士制服、取代繃帶替瑞文包紮止血，一邊叨念著：「你太衝動了，你的安全最重要，任務失敗的話就失敗，下次不要玩命！不然我會向教廷申請禁止你出任務。」

昆廷的面容嚴肅，手上的動作卻很輕柔，這讓瑞文忍不住調侃對方：「你以為你禁止得了嗎？教廷才不會允許，還是你想仗著你父親是大主教來作威作福？」

昆廷太溫柔了，瑞文有時候會忍不住刺激他，挑戰他的底線。他想看看教士何時會因為受夠他而離去，但教士從未離去，至少到現在都還沒離去。

像往常一樣，昆廷沒動怒，反而一臉堅定地說道：「總之，我會想盡辦法讓他們禁止的，直到你懂得注意自身安全為止。」

瑞文被逗樂了，故意又說：「你太擔心我了吧？我又不是三歲小孩。」

「我當然擔心，你是我的搭檔，我怎麼能不擔心？」昆廷一臉理所當然的表情。

瑞文已經不知道多久沒被人擔心了，他總是在擔心別人，他的母親、他的弟妹、案件的受害者們。

「還有你雖然不是三歲小孩，卻依然是未成年的小朋友。」

瑞文望進對方那雙湛藍色的雙眸裡，昆廷的眼神柔軟而真摯。即便絲蘭曾多次當著他的面咒罵他是個偽君子，但在瑞文眼裡，他看不出對方的目光中有一絲虛假。

從他第一眼見到昆廷時，對方的眼神就沒有變過。

瑞文很幸運，誠如暹貓女巫所說，骨針沒有出錯，她在眾多教士裡挑選出了最適合他的教士。

和昆廷的搭檔出乎他意料的順利，昆廷和他是對最完美的搭檔。

這是瑞文不曾預料到的。

沒有回應昆廷，瑞文轉移話題，「我想我們做得不錯，任務圓滿達成，雖然使魔不是被關在聚魔盒而是我的肚子裡。」

「先別說任務了，你確定你沒事嗎？」昆廷又問，他總是會露出讓瑞文覺得自己是世界上最重要的人的眼神。

「沒事，不用擔心，我們本來就是使魔的容器，只是有點不舒服而已，不會有什麼大問題。」瑞文聳聳肩，還是在說任務，「牠吞了我的使魔，我們達成交易，由牠取代我的使魔，不再出來害人，一舉兩得。」

「你才不只是容器。」昆廷只是皺著眉說，然後將瑞文傷口處的布料打結。

瑞文伸手撫摸過手臂上的包紮，昆廷將他的傷口包紮得漂亮又緊實。

剛和昆廷組成搭檔時，瑞文原以為這名獅派教士的親切和友善只是做做樣子而已，很快他便會像絲蘭所說的那樣露出教士冷漠無情的真面目。

但和其他冷漠、虛假的教士不同，昆廷對待他就像對待一般的朋友和家人，從不曾對他做出任何不屑或鄙視的舉動。

昆廷總是像現在這樣，無微不至地關心他和照顧他。

這讓在母親生病之後，總是擔任著照顧者角色的瑞文，得到了某種程度的喘息和慰藉，昆廷讓他有了自己的避風港。

彌補了缺席的父親、抑鬱的母親的位置，昆廷成了瑞文的照顧者、朋友、搭檔，和親密的伙伴。

不知何時起，昆廷對於他來說已經是個不可或缺的存在，如同他的精神支柱般，在他被黑暗壓制得喘不過氣時，是他唯一能依賴的光源；在他受到瘋狂的母親折磨時，是他唯一能不跟著發瘋的原因。

昆廷在絕望之中對他丟出了一點希望。

「有傷到腦袋嗎？站得起來嗎？」昆廷詢問，將瑞文拉回現實。

他看著教士憂心的眼神，乖巧地點了點頭，「嗯。」並且在昆廷的攙扶下站起身來。

「走吧，我們先回黑萊塔。」昆廷好好地撐住了瑞文，讓瑞文不用擔心自己會再次摔落地面。

「不先去教廷交代一下任務結果嗎？畢竟我們這次弄壞了公物。」

「不，那是波菲斯的問題，讓他去擔心吧。先把你照顧好比較重要，你需要休息。」昆廷說，「回去我煮杯蕭伍德家的特調熱牛奶給你。」

「不要以為我不知道你的祕密配方只是加了蜂蜜而已。」瑞文哼聲。

「還有很多的愛，我是友善的獅子。」昆廷正經八百地說道，直到自己也忍不住笑了出來。

瑞文跟著笑了起來，他不知道多久沒這麼笑過了，但有昆廷作為搭檔之後，一切都不一樣了。

「希望我們晚一點回去不會被念。」

「別擔心，要被念我就陪著你一起被念吧，陪著你是我唯一能做的事了。」昆廷總是這麼說。

「竟然是你唯一能做的事，你們獅派教士也太沒用了吧。」

「我們確實是很沒用。」

「不過其實你只要能做到這件事，對我來說就足夠了。」瑞文是這麼想的。

「真的這樣就夠了嗎？」昆廷笑了起來，陪他一瘸一拐地在雪地裡走著。

「真的。所以答應我，友善的獅子，無論未來我遇到任何事情，你都會陪著我。」

瑞文以為昆廷會答應他的請求。

「好，我答應你。」昆廷答應了。

瑞文也以為昆廷會遵守承諾。

昆廷卻沒有遵守他的承諾。

瑞文不知道自己為什麼會再次出現在這裡。

骨針在暹貓女巫的指揮下開始跳動。

桌上的渡鴉石雕只有一隻，圍繞著它轉的骨針卻有各種顏色。它們在渡鴉的石雕旁開始跳動，圍著它轉圈，它依舊像是某種戰利品。

瑞文再次坐在大廳的中央，只是這次再也沒人討論他還是個孩子的事，也沒有男巫或女巫特地來觀禮。

備選的督導教士們依舊站在一旁圍成一圈，竊竊私語地討論著什麼，但相比上次，這回的內容難聽許多。

因為這中間發生了太多事情。

獅派大主教的死亡、鷹派崛起，母親的精神狀況已經到了崩解的地步……

瑞文的右眼上有著明顯的瘀傷，他身上還有大大小小的傷痕。有時候，他會因為自己的影子動了一下而驚嚇。

不過沒人關心這件事情，因為唯一會關心這件事情的人已經離開了。

在哈洛．蕭伍德選擇用極端的方式試圖親自召喚使魔失敗、成了一坨白色的爛泥，為蕭伍德家帶來前所未有的難堪醜聞之後，昆廷．蕭伍德離開了……

彷彿連夜逃離整座靈郡，他沒有告知家族、沒有告知教廷，甚至沒有告知瑞文。他就這麼從靈郡離開，不知去向。

蕭伍德家發表了切割聲明，只是簡單闡述了昆廷的懦弱性格和抗壓性不足，並表示了對大眾的歉意。

但瑞文知道他們口中所說的並不是他認識的昆廷，昆廷離開一定有他的理由，所以他一直在等，等著昆廷聯絡他，告訴他理由。

然而他一等再等，昆廷依舊沒有聯繫，無消無息。

瑞文沒等到昆廷，只等到了督導教士的再次抽籤。

教廷放棄了昆廷，除去了他的教士身分，並且賜予了他「逃避者」的封號。

瑞文的督導教士必須再次遴選，而這回參與抽籤的教士，幾乎清一色都是和他的家族極為敵對的鷹派教士。

因為「羞恥者」和「逃避者」為整個獅派帶來了莫大的恥辱，他們沒臉出現在黑萊塔內與鷹派教士們競爭。

瑞文坐在中間，面對鷹派教士們的敵視目光，他麻木地看著桌面上的骨針跳動，一次又一次。

這回的他不覺得徬徨，甚至沒有一點緊張，能感覺到的只有無止境的憤怒。

骨針每潰堤一次，他就越發憤怒。

昆廷沒有遵守他的承諾，連他唯一能做到的事情都沒有做到。

「雖然這回的抽籤真的很困難，但我想我們決定了你的新任督導教士人選，瑞文。」站在暹貓女巫身後督導她的教士說話了。

瑞文一點都不在乎。

「起來，瑞文，和你的新督導教士打招呼。」

瑞文像行屍走肉般，聽從著教士的指示起身，只是他一句話也沒說，對方說了什麼、叫什麼名字、長什麼樣子他也沒記住。

他被憤怒淹沒了。

昆廷是壓倒駱駝的最後一根稻草。

瑞文始終沒等到昆廷的聯繫。

那個口口聲聲說著會陪伴在他身邊的教士，就這麼離開了，一去不回。

有好幾次，瑞文想著要離開黑萊塔，親自去找昆廷將事情問清楚，但最後都沒能這麼做。

太多重擔還綁在瑞文身上。

達莉亞、柯羅、圖麗。

任務、案件、使魔。

漸漸地，瑞文開始感到麻木，但憤怒始終沒有消褪。他對昆廷的離開從震驚到失望，失望到絕望，絕望到憤怒。

他原以為自己對昆廷來說是很重要的存在，但看來並不是。昆廷就如同絲蘭所說，是個虛情假意的偽君子。

瑞文對他來說或許不過是個過客，對昆廷來說，有遠比瑞文更重要的事情存在。

所以瑞文放棄了，他只想知道是什麼事情讓昆廷毅然決然地丟下他離開。

是什麼事情，讓昆廷在勞倫斯以達莉亞的精神狀況為由、將圖麗帶回教廷扶養時，沒有陪在無助的他身邊。

是什麼事情，讓昆廷在發狂的達莉亞攻擊了年幼的柯羅後，又對教廷進行一連串的報復殺戮，造成了聲名狼藉的大女巫事件時，選擇不在他身邊。

是什麼事情，讓昆廷在他承受所有來自教廷、大眾、倖存的女巫男巫們的敵視時，精神逐漸像母親一樣崩解時，依舊獨自一人在外面逍遙快活。

瑞文曾經是這麼地相信昆廷，相信昆廷會陪著他度過所有的難關，然而昆廷騙了他。

友善的獅子並不友善，只是虛偽而已。

就像那些口口聲聲說著他們有多喜愛大女巫達莉亞，卻又在不了解內情的狀況下，在大女巫事件後跟著教廷一起對著她的照片唾棄及辱罵的人們。

瑞文不再懷抱希望，他覺得這一切沒有意義了，教廷、信仰者、人民，所有的一切都像昆廷一樣惺惺作態。

他們假裝需要他，利用他，卻又一腳將他踢開。

「快！那個女巫在裡頭，快去抓她！」攤販們指著街道上的角落大喊，他們有些人的手裡拿著刀、拿著棍棒，上頭血跡斑斑。

他們指使他，像指使獵犬一樣，而瑞文只是沉默地走進陰暗的小巷道裡，看著躺在地上的婦人在血泊中抽搐。

他們說她用巫術替人們占卜維生，其中一個客戶卻受了她的詛咒而死。

「我沒有……」婦人斷氣前只是說了最後一句話。

瑞文靜靜地看著女人，有東西從她肚子裡爬了出來，不過瑞文並沒有去阻止或抓捕。他彷彿見到自己血跡斑斑地躺在地上。

「瑞文！發什麼呆，快把那個流浪女巫抓起來！」他的新搭檔，那個年輕、不記得叫什麼名字的教士從後面追上來，不停對著瑞文喊叫。

人都死了還要抓什麼？瑞文只是心想。

行凶的攤販們依然聚集在旁邊竊竊私語，一條人命攤在那裡，他們看起來卻鬆了口氣。

對他們來說，只要對象是巫族，不管自己做了什麼都是正當防衛，即使女巫當初可能只是想跟他們買條魚。

沒有受到教廷制約的巫族下場就是如此，而受到教廷制約的巫族則是一輩子被教廷用牽繩繫住脖子，受他們的花言巧語哄騙。

「她死了嗎？」教士手裡捧著槍，小心翼翼地接近女人的屍體。

瑞文看著教士舉槍對準女巫的屍體，那一瞬間像是有什麼東西在他腦海裡斷裂，他的腦袋一片麻木，眼前出現了昆廷的身影。

昆廷站在那裡，舉著槍，而躺在地上的是自己的屍體。

瑞文受夠了。

這一切沒有意義，最終他們都會成為地上的屍體，像他的母親，和其他女巫們一樣。

「瑞文？」教士抬起頭來時，突如其來的濃霧已經瀰漫整條街道，將教士還有攤販們包圍起來。

瑞文也沒有意識到自己是什麼時候讓肚子裡的東西爬出來、站在教士面前的，他只知道當那隻被取名為浮雀的使魔喊他父親、問他該怎麼做時，他說了句：「隨你高興。」

站在原地的教士根本來不及反應，巨大的使魔捏住了他，並且在他的尖叫聲中扭斷了他的腦袋。

鮮血在濃霧中像雨水一樣灑落，把瑞文浸溼。

攤販們見狀，瘋狂地在迷霧中奔跑，但使魔的房間讓他們再也走不出迷霧。使魔追了上去，天上的血水下得更大更多，瑞文連衣物都被血水浸滿。

瑞文歪頭看著地上的屍體，白色的教士袍吸飽血水，看起來像粉紅色。

他忍不住笑出來，也不知道是為了什麼而笑。

「我可以留著嗎？父親。」歸來的使魔手裡抱著沒有頭的屍體，牠似乎不喜歡那些人醜陋的腦袋。

「無所謂。」瑞文只是說。

一切都無所謂

他知道接下來教廷會來追捕他，送他上異端審判庭，而全靈郡的人都將懼怕他、唾棄他，他會成為像他母親一樣的存在。不過這些他都不在乎了。

這一刻的瑞文感覺到的只有麻木，與源源不絕的憤怒。

瑞文？

萊特呢？你把萊特怎麼了？

當那個靈魂被意外喚回時，對他說的話竟然只有這些，沒有一句道歉。

高級公寓的客廳內，空氣裡流動的全是雨水的腥味和鮮血的甜味，櫃子倒塌、相框碎裂，照片中的男主人與女主人橫豎地倒在地上，看起來沒了生息。

瑞文從沙發上坐起，冰冷的雨水從他的髮梢滴落，但他並不覺得冷；相反地，他感到熱而且溫暖，或許是因為怒火從昆廷離開的那刻起就一直在他的血液裡翻滾和燃燒，而且從未停歇過。

他抹掉自己頸子上的水珠，盯著坐在沙發對面的高大黑影。

黑影長著畸形的羊角和古怪的翅膀，面容總是一團模糊，從被他塞進肚子裡開始，牠就維持著這樣的形態，不願讓他看清楚真面目。

牠正在暗處舔舐著手指上的血，來自萊特的鮮血，雖然牠的臉只是一團模糊，但瑞文還是在牠金色的雙眸裡看到了新奇和興奮。

「很甜，很甜……」牠說著。萊特的鮮血似乎讓牠很驚喜，牠的表情和品嘗瑞文的血或其他受害者的血時完全不同。

「這麼甜嗎？」那讓瑞文也想嘗看看教士鮮血的滋味。

黑影吸著手指沒說話，不願分享。

金髮教士是特別的，而瑞文此時幾乎可以肯定他為何特別，要證明只是時間早晚的問題。

他想起萊特那雙藍眼睛，想起昆廷，想起柯羅抱著他就像抱著某種珍貴寶物的模樣，以及柯羅看向自己時，眼神裡充滿的恐懼及警戒……

那讓他彷彿回到了他最後一次見到柯羅的時候，當時柯羅臉上也滿滿的都是這種表情。

在精神崩潰虐殺了督導教士和那些攤販後，滿身是血的他決定回到宅邸尋找柯羅。

他只想著要帶走柯羅。

帶走柯羅，離開教廷，兩人獨自生活，也許之後他還會帶著柯羅去找昆廷，然後殺了昆廷……

那時他認為這麼做之後，他的怒氣或許就會停歇。

然而當他回到宅邸時，外面已經布滿前來追捕他的教士，而那個總是在第一時間衝上前來迎接他回家的小弟，如今卻遍尋不著，他還必須費盡心思從他的影子去尋找他躲在哪裡。

這讓瑞文焦慮，越焦慮就越憤怒。

尤其是當他好不容易找到了躲在衣櫃裡的小弟時，年幼的柯羅臉上竟然滿滿的都是驚恐，對他說的第一句話是：「瑞文，不要……不要像媽咪一樣。」

被柯羅說像達莉亞，這觸動了瑞文的神經。他並不想像母親一樣，但這就像是最糟糕的惡性循環。

憤怒在一瞬間淹沒了他所有的理智。

「跟我走！」柯羅不懂，他只是想保護他，「把蝕交給我！」所以他必須擁有最強大武器。

然而在母親生前，那最後幾個清醒的時刻裡，她卻選擇把她強大的使魔交給了柯羅而不是他……只因為她和其他人一樣，認為他會步上她的後塵。

他才不會。

他會嗎？

瑞文不知道，他只知道接下來他因為憤怒不小心傷害了柯羅。

弟弟驚恐地嚎啕大哭，而近半闖進來要抓他的教士全都臉部扭曲地倒在地上，身首分離……

沐浴在血水中的他看起來確實很瘋狂，瘋狂到諷刺，這讓他在被逮捕時還忍不住哈哈大笑，笑到都流眼淚了。

但憤怒依舊沒有止息，他認為這些全是教廷的錯、母親的錯、昆廷的錯……都是他們的錯，才讓柯羅看著他的眼神像在看怪物一樣。

強制結束自己的回憶，瑞文緊閉雙眼，深吸一口氣，地板上殘存的酒瓶卻像是承受不住他的怒氣般，一一炸裂開來。

凌亂的客廳裡，唯一還完好無缺的，可能就只剩下坐在瑞文對面、那團自顧自舔著手指的高大黑影。

瑞文放鬆地靠躺在沙發上，望著調皮地模仿他姿勢的使魔，心裡不禁想著，那個對柯羅和昆廷來說都很重要的金髮教士還活著嗎？

雖然他叫牠不要太過分，但心智還算年幼的使魔根本不懂分寸。

「享用了你的美酒和佳餚，現在請歸巢吧。」他對著使魔說。

黑影沉默，雙手放在膝蓋上，令人恐懼的存在看上去竟像是個鬧脾氣的孩子。但牠沒多說什麼，只是心不甘情不願地在品嘗完手指上殘餘的鮮血後，順著陰影爬回瑞文的腹部內。

承受著使魔的進入，瑞文又忍不住想：如果金髮教士死掉了，柯羅會怪他嗎？昆廷會怪他嗎？

他的怒氣能停歇嗎？

CHAPTER 2

烏鴉影子

柯羅盯著懷裡的萊特，他看起來像往常一樣厚臉皮地黏著他入睡，除了蒼白了點，似乎沒什麼異狀。

直到血水的腥甜味開始蔓延，萊特的血沾滿了他的雙手，而他的西裝也因被浸飽而變得沉重。

柯羅的腦海一片空白，有一瞬間，他心裡希望萊特只是在開玩笑而已。下一秒他就會活蹦亂跳地彈起來，哈哈大笑地用手指戳著他的臉告訴他，一切都只是整人計畫而已。

萊特還會三八地扭著身體，一直虧他：「你明明超在乎我的對不對？」

柯羅是這麼幻想的，但萊特就只是靜靜地躺在他懷裡，像沉睡了一樣。

「柯羅！到底是怎麼回事？瑞文回來了嗎？」

「柯羅，放開他，快放開他！」

約書搖晃著他的肩膀質問，絲蘭不高興地拉開他的手，而榭汀只是神色凝重地翻看著全身沾染鮮血的萊特。

「拜託你們救救他……拜託。」好不容易等他找回了聲音，萊特已經從他懷裡被絲蘭抱了起來。

一滴雨水打在他臉上，榭汀拉起了癱坐在地上的他，嚴肅地在他耳邊說道：「站好，現在不是讓你崩潰的時候。」

但柯羅真的無法承受那股蔓延他全身的恐慌。

他要失去萊特了嗎？

是這樣嗎？

「我不行……萊特……不行。」柯羅抓緊榭汀的衣袖，手指都陷進了他的皮肉裡。

「我會救活他，所以你振作點，我現在沒空照顧你！」榭汀晃了他一下，讓他好好走路。

柯羅抹了把臉，上頭全是水，但雨水明明還沒落下。他緊貼在榭汀身邊，踉蹌地跟在絲蘭匆忙的步伐後面。

平常看起來很高大的萊特，窩在絲蘭懷裡的此時看起來卻不如以往，金色的髮絲垂落，整個人看起來沉靜得很不真實。

「我們應該去追瑞文的，如果瑞文真的回來了……」

「先處理萊特的問題，黑萊塔現在太混亂了。」

「但是……」

「先這樣吧。」

約書和伊甸走在後面討論著瑞文的問題，但此刻的柯羅已經無暇分神，他的視線緊盯在萊特蒼白的臉上。

——都是你害的。

他的肚子裡冒出了這樣的聲音，但此時的柯羅不確定，發出聲音的是他肚子裡的蝕，還是來自他自己。

他們一行人跟著絲蘭一起，穿越重重門扉回到黑萊塔。

榭汀的辦公室還處在一片混亂的狀態。

丹鹿坐在殘破的椅子上，身邊倒著依然沉睡且全身赤裸的賽勒，他手裡仍緊緊抓著枯萎的藍色花朵。

當他抬起頭來時，臉上滿是乾涸淚痕，眼裡只有茫然。

「發生什麼事了？萊特怎麼……」丹鹿看著絲蘭懷裡的全身是血的萊特，手指都在發抖。

榭汀沒有回應，他離開柯羅身邊，匆忙指揮著絲蘭，「把他放到手術臺上！」

柯羅站在一旁，從來不曾覺得自己這麼沒用過。萊特的生命在消逝，他卻一點忙都幫不上。

「不！榭汀，我們應該把他送去上面，天堂的甘露！那會比較快！」絲蘭神色凝重，他的西裝上也沾滿了萊特的鮮血。

「你在說什麼？天堂的甘露對一般人沒用，只有對巫族……」榭汀忽然噤聲，不只是因為絲蘭凌厲的眼神，他同時想起天堂的甘露確實對萊特有特殊的影響。

他之前就覺得奇怪了……

「相信我就對了。」絲蘭說。

榭汀默不作聲，點點頭表示同意。

一旁的伊甸注視著這一幕，微微地擰起眉頭，不過他並沒有多說什麼。

「拜託……他一定要沒事！」柯羅拉住榭汀的手臂，他的膝蓋發軟，等他好不容易找回聲音之後，能說的也只有這句話。

「我會盡力。」榭汀撥開柯羅的手，轉身就和絲蘭一起走進另一扇門裡，他們似乎沒有要讓柯羅或丹鹿跟著的意思。

看著榭汀和絲蘭抱著萊特消失在門後，柯羅再次跪落在地，滿臉慘白，彷彿他才是那個身上被割出了大創口的人。

——都是你害的。

肚子裡的聲音再次跑出來，柯羅的冷汗冒了滿身。

「萊特怎麼了？發生了什麼事？」丹鹿來到他的身邊，攙扶起他試圖詢問。

柯羅卻答不出來，所有情緒都哽在喉頭。他看著一臉擔心的丹鹿，出現了某種錯覺，彷彿連丹鹿也在責怪他——都是你的錯。

「一個好好的分靈手術怎麼會搞成這樣？他們到底是怎麼闖進來的？還有

其他人呢？」約書難得發起了脾氣，他心浮氣躁地扒著頭髮，對著丹鹿和柯羅大吼，期望能得到答案。

然而丹鹿只是一臉傷痛地握著手裡的藍色花朵，一語不發，柯羅則是臉色悽慘，整個人像陷入了自己的影子裡。

約書轉頭看向伊甸，伊甸只是搖了搖頭，先讓烏洛波羅斯將赤裸著身體的賽勒纏起。

烏洛波羅斯將賽勒纏繞得死緊，送到伊甸面前。伊甸伸手握住了賽勒的手，趁著男巫昏迷之際，他輕聲呢喃：「解除箝制。」

那些原先在他們血管裡攀爬的咒語，在伊甸解除了箝制約定後逐漸消散。

伊甸冷眼看著已經不再對他有威脅性的賽勒，轉頭問道：「跟這傢伙有關嗎？是他把人放進來的？」

「不，不是……」丹鹿終於說話了，他伸手按著臉，似乎在壓抑情緒，「這應該跟賽勒無關，他從頭到尾都躺著接受蘿絲瑪麗奶奶和榭汀的分靈手術……他也沒受到箝制約定的懲罰不是嗎？」

丹鹿以為這麼解釋就夠清楚了，沒想到伊甸的烏洛波羅斯卻依舊將賽勒纏得死緊。

「在這個情況下，不管他有沒有惡意，先將他逮捕起來都會是比較明智的選擇。」

「但是……」丹鹿看向約書，「大學長！」

約書這次卻搖了搖頭，選擇站在伊甸這邊，「我們確實不清楚現在是什麼狀況，萬一他確實和他們有勾結呢？也許他們只是鑽了個漏洞，避開了箝制約定的懲罰。」

「我在場，我可以解釋，我發誓他……」

「你確實是該好好解釋。」約書的眉頭皺得深沉，這次沒有對他們留情，甚至連一點讓他們喘息的時間都沒有。「都回我辦公室去，立刻跟我報告現在到底是什麼狀況，對方目的是什麼，傷亡多少……」

「蘿絲瑪麗走了。」丹鹿說，還是沒能忍住哽咽。

空氣裡靜默了好長一陣子，約書默默地看著丹鹿手中的枯萎花瓣，他早有不好的預感，只是沒想到結果會是這樣。

伊甸用手肘輕碰了約書一下，他這才抬起頭來，「其他去我辦公室再說吧。至於賽勒，我們必須先將他關押在黑萊塔內，以防萬一。」

丹鹿表情凝重，事情看來是沒有轉圜的餘地了。他看著原本溫暖明媚的辦公室變得殘破不堪，手裡握住的花瓣逐漸枯萎，那個平常會在這種時候跳出來厚臉皮地打圓場的萊特也不在，柯羅看起來也在情緒崩潰的邊緣……

他知道這次的狀況不同於以往。

看了眼臉色死白的柯羅，丹鹿終於放下了手中的花瓣，他擦掉臉上的淚水。

「我明白了，我會解釋清楚的。」丹鹿對著約書說，並且回頭輕按柯羅的肩膀。「我相信他一定會沒事的，在這裡好好等著好嗎？我待會就回來。」

柯羅抬起頭來，沒有說話，他伸手準備拉住丹鹿，但丹鹿轉頭就跟在約書和伊甸身後離開了，連賽勒也被烏洛波羅斯帶走。

殘破的辦公室內一下子變得靜悄悄的，只留下柯羅一人獨自待在原地。

柯羅怔愣，他明明已經習慣了孤獨。

自從瑞文離開他後，他就是自己一個人生活、一個人面對一切，所以他從來不認為孤獨對他來說有什麼問題——然而他現在卻感到一切都難以忍受。

「萊特……」

柯羅趴跪在地上喃喃著，他將自己縮成一團，拳頭緊緊地握了起來。

他的眼淚終於潰堤而下，越想忍住就掉得越多。

柯羅經很久沒哭了，不知道有多久，或許自從上次見到瑞文之後他就不曾哭成這樣了。

這一切都是他的錯……

對，這一切都是你的錯。

柯羅聞聲抬頭，淚眼矇矓間，他看見腳下的黑影不知何時蔓延了整片地面、整片牆面。

「閉嘴……你閉嘴！」柯羅對著自己的影子吼道，影子卻自顧自地繼續和他對話。

他明明告訴過你冷靜下來，叫你不要追上去，但你還是不聽。

你一點成長也沒有，一點教訓也沒學習到……

柯羅猜測著那聲音是來自蝕的惡意，然而眼前的黑影看起來就像是他自己，一模一樣，只是醜陋又惡毒。

可憐的傢伙，他在你身上花了那麼多時間，安撫你，想要讓你變好，但你還是一點也不信任他。

你真是不值得。

如果他死了，這一切就都是你害的。

柯羅想叫那個聲音閉嘴，可是他卻止不住哭泣和哽咽，因為他無法否認那個聲音所說的一切。

萊特會受到傷害確實是他造成的。

如果他沒有失去理智，不顧一切地追逐瑞文，或許這一切就不會發生，萊特現在可能還會活蹦亂跳地站在他身邊，和他說著一些沒營養的話——

柯羅嚎啕出聲，脆弱得像當年全身浸滿鮮血並瘋狂大笑著的瑞文被帶走時一樣，他不知道自己該如何是好。

如果萊特真的怎麼了，他絕對不會原諒自己，也不會原諒瑞文。

額頭叩在地上，柯羅的眼淚依然流個不停，但最後他選擇抬起頭來，眼中除了淚水，還有著憤怒。

他擦掉眼淚，身前的黑影拉得又高又長，在室內像燭火一樣左右擺動。

柯羅靜默不語地看著自己的影子，搖曳的影子彷彿要吞噬掉他的本體。

如果你不想原諒瑞文，你會需要我的。

但你必須先餵飽我，親愛的小柯羅。

這次發出聲音的，真的是來自他肚子裡的蝕了。

「萊特！萊……」

柯羅在叫他，可是萊特的眼睛睜不開。他窩在某人的懷裡，像是幼兒時期窩在某人懷裡一樣舒適。

他依稀記得對方有雙藍眼睛，和自己的很像，笑起來時弧度彎彎的。

萊特試著吸氣，但他全身無力，呼吸不過來。

「喂！萊特，呼吸！」換成是絲蘭在叫他了。他聽見榭汀和絲蘭不停在他耳邊說話。

「純粹的天堂甘露只對巫族有用，你確定？你必須確定我才能用天堂的甘露替他治療，不然他可能會……」

「神聖的大女巫啊！我們已經去調查過了，我很確定！快把他放進去！」

「這祕密太大、太危險了……約書和伊甸已經知道了嗎？」

「我不確定，但那都不是現在的重點……該死的！這小子真重，他到底是重在哪裡？」

喔，真抱歉。萊特心想，他想回話，卻答不上話。

下一秒，他被慢慢淹沒進了散發著香味的水裡，柔軟的細沙從腳趾間慢慢湧上他的全身，他逐漸被埋進沙堆裡。

細沙讓他原先很難受的傷口不這麼難受了，但同時也把他的思緒帶遠。

萊特沉進了沙裡，他的世界變得一片黑暗，一點聲音也沒有。

萊特就這麼站在漫無邊際的黑暗之中，像個無助又無家可歸的迷途之人。他喊著柯羅的名字，喊著其他人的名字，可是卻沒一點聲音，也無人回應。

萊特覺得寂寥，彷彿又回到了地獄裡，那個毫無人煙只有一片黑沙的地方。而他只能在黑暗裡蜷縮著，沉沒在沙堆之中。

萊特……萊特。

倏地，正要沉睡的萊特聽到有人在呼喚他，他抬頭四處尋找聲音的來源，卻只看到遠處閃現了極光般的綠色光芒。

地獄邊緣。

萊特的腦海裡冒出這個名詞。

自己要死掉了嗎？在呼喚他的是不是地獄那頭的奶奶之類的？萊特這麼想著，在黑暗裡重新爬起身，往聲音的來源走去。

只是，在前進時他偶爾仍會忍不住駐足，往後看去。

——如果他離開了，柯羅該怎麼辦呢？

在聽完丹鹿的報告之後，約書坐在辦公桌後眉頭深鎖，支著臉沉默了很久。

瑞文回來了。

而他這一趟回歸讓他們失去了一位女巫，同時也失去了一位男巫……一名死亡，一名背叛了他們。

丹鹿也很安靜，不像平時那樣為了小事和他爭執不休。他在等待約書發話的期間，只是要求了要替蘿絲瑪麗舉行體面的葬禮，以及替賽勒的清白發聲。

約書答應了前者，卻沒答應後者。

他不知道在威廉毫無預兆地選擇背叛他們、幫助瑞文和朱諾後，他還能不能百分之百無條件地相信黑萊塔裡的男巫們。

誰知道下一秒會不會又有誰反叛呢？

在丹鹿老實地報告完他們不在黑萊塔的這段時間究竟都發生了什麼事後，約書語氣嚴厲地口頭告誡丹鹿要有心理準備，教廷可能會做出相關的懲處。

丹鹿只是點了點頭表示理解，心思看起來完全不在這上頭。

最後約書只能讓丹鹿先行離開，去查看其他人的狀況，自己則是等到辦公室清空後才有時間消化所有情緒。

瑞文這一趟回歸所產生的代價太大了，蘿絲瑪麗、威廉……卡麥兒和格雷甚至都還躺在醫護室裡，更不要提在死亡邊緣徘徊的萊特了。

約書深深地嘆了一口氣，他轉頭看向伊甸，卻發現伊甸一直沉默地注視著丹鹿離開的方向，不知道在想什麼。

「伊甸？」

伊甸抬起頭來，眼珠有一瞬間閃爍著如同蛇類般的光芒，讓約書有種眼前站著的是個陌生人的錯覺。

約書甩甩頭問道：「怎麼了嗎？」

「沒什麼，我只是在想一些事情。」

「蘿絲瑪麗的事嗎？我很遺憾……」約書表達哀悼之意，銜蛇男巫卻一臉沒事般地搖了搖頭。

「我只是在想萊特的事，不知道他能不能挺過這關。」伊甸嘴裡說著關心的話，臉上的表情卻很平淡，甚至帶著點微笑。蘿絲瑪麗的事情好像對他沒有什麼影響。

他似乎很快就從這場突襲裡振作了起來，太快了。

「他當然能挺過了！」約書皺眉。

「如果可以的話，我們和教廷還有很多事情要跟他釐清。」伊甸卻說。

約書正想開口斥責對方說的話很不合時宜，伊甸轉頭就換了話題。

「對了，現在你打算怎麼做？教廷一直害怕的事情終於發生了，瑞文回歸。」伊甸問。

約書凝重地皺著眉頭，他直視伊甸，直到伊甸不解地望著他，「約書？」

約書不著痕跡地嘆息一聲，他回答：「我知道，那也是我們一直害怕的事情……看來我們先前一直在追的那些案件確實與瑞文有關。」

他們之前的懷疑和猜測是對的，只是他們太小心了，也沒人願意直接把這未經證實的消息告訴教廷。

現在一切都證實了，卻也都太遲了。

「你認為他回來的原因是什麼?」約書問。

「你認為呢?」伊甸卻反問。

兩人一陣沉默,因為所有人都記得當年瑞文在異端審判庭上所做的事、所說的話。

那時的約書和伊甸都還是和瑞文年紀差不多大的孩子,他們看著一臉稚嫩的瑞文被一群教士押上異端審判庭,施以酷刑審問。

他們全都印象深刻,瑞文在酷刑下依然瘋狂大笑,並且發下最惡毒的詛咒,誓言總有一天會回來找教廷的人復仇。

接著少年在火焰中自焚,火焰延燒了整座異端審判的場地,所有太靠近的教士全都在火焰中哀嚎尖叫,像燃燒的焦炭。

當教廷不得已、派出稚嫩的伊甸偕同絲蘭和蘿絲瑪麗一同鎮壓瑞文時,瑞文卻化成灰燼消失在現場。

約書還記得當年的自己有多麼慶幸,伊甸安然無恙地回來了。

至於瑞文,沒人知道他是死是活,教廷因為恐懼和恥辱選擇掩埋他的存在，讓他變成像都市傳說般的恐怖童話；唯一認定他一定會回來，並且夜夜驚懼的，只有他的小弟柯羅而已。

而現在證明了，柯羅的恐懼一直都是對的，瑞文正式宣告了回歸……

約書沉思著，伊甸率先開口：「你知道這件事情的嚴重性，必須把所有細節全部呈報給教廷吧？」

「我知道。」

「賽勒、分靈手術、威廉、蘿絲瑪麗和萊特的事都是。」伊甸再次提醒。

「你想說什麼？」

「我只是想告訴你，不要心軟，不要替你的下屬隱瞞，就算他們可能會無法避免地受到懲處……」

「但我也有責任。」

「分靈手術是他們自己堅持要進行的，沒有顧好黑萊塔也是事實。」伊甸的話說得很決絕。「再說了，我認為他們還有事情瞞著我們沒說。他們沒有多無辜。」

「已經都搞成這樣了，他們還能隱瞞什麼事情？」

「威廉不也是瞞著我們，默默地就變成了瑞文的走狗嗎？」伊甸一句話堵死了約書。「也許是逆賊，也許是其他不能說的祕密，不知道，但我會查出來。」

看著那對像蛇的眼珠，約書忍不住皺眉。他的意見再次和伊甸出現分歧，這是以前不常發生的事情。

看著彼此，約書不能理解，他們之間的關係什麼時候變得如此劍拔弩張了？

可是伊甸看起來卻不在乎。

「總而言之，我很清楚事情的嚴重性，我會親自向教廷報告所有狀況，看教廷下一步打算怎麼做。」約書開口打破沉默。

伊甸放鬆了緊扣著的雙手，似乎很滿意這個答案。

「既然確定瑞文回歸了，接下來就是全面獵捕了吧？」

約書還不確定教廷會如何反應，但他很肯定教廷這次絕對不會放過撲殺瑞文這個害蟲的機會。

「別擔心，我會替你一個一個把他們抓出來的，內鬼也是。」

伊甸自顧自地說著，不帶一點感情，彷彿他才是真正做決定的人。

CHAPTER

3

糖衣毒藥

朱諾一直很好奇瑞文肚子裡的使魔是怎麼來的。

古老的傳說裡，使魔是擁有魔鬼靈魂的動物，牠們在森裡裡徘徊，與擁有魔力的女子訂定契約，替她們做任何壞事。

這就是女巫與使魔的由來。

女巫可以輕易容納使魔，使魔也喜好與女巫交涉；至於男巫，他們肚裡的使魔通常來自母親或大女巫的傳承。她們對他們施以恩惠，賜予他們使魔。

朱諾的使魔瑟兒就是他和賽勒的母親傳承下來的，是他們的母親在死前對他們做過唯一有益處的事情，雖然這也導致了他們後續的互相殘殺。

至於瑞文，在朱諾的記憶裡，瑞文自離開教廷前還沒擁有力量這麼強大的使魔，那隻使魔應該也不是達莉亞所有的。

傳聞達莉亞在進行血洗教廷的屠殺前，選擇把她最強大的使魔塞給了年幼的柯羅，而不是瑞文。

所以這隻強大到足以媲美蝕的使魔，瑞文究竟是從哪裡得到的？

朱諾駐足在門邊，目睹那隻長著奇怪犄角的使魔爬回去瑞文肚子裡的一幕，他反覆沉思著。幾度，他想要開口詢問，卻在看到瑞文那種沉鬱的表情後，選擇閉上嘴巴。

最後，朱諾還是沒有開口，他看著滿地破碎的高級酒瓶和酒水，一臉惋惜地搖著頭大聲嘆氣，提醒瑞文他的到來。

「你真的很掃興耶！本來我還打算開紅酒慶祝的。」

慶祝他那絕情的兄弟賽勒聰明反被聰明誤，靈魂被切割開後，還反被他奪過了使魔……現在連力量都不斷回流到他的身上。

朱諾從沒感覺自己如此強大，他原先是真的想歡慶，瑞文卻毀掉了一切興致。

他們隨意下榻的客廳裡一片狼藉，酒櫃裡的酒瓶全部炸開來，能碎的東西都碎了，地上還躺著兩具屍體。

「你不是見到弟弟了嗎？夢寐以求的事難道不應該表現得開心一點？」

雖然明知道剛才那場見面不太愉快，朱諾就是忍不住戲謔對方，這是他的天性。

他走向沙發上的瑞文，剛隨手撿起地上一瓶倖存的紅酒，酒瓶就在他手上爆裂開來。

玻璃和酒水灑了朱諾滿身，他不滿地丟下碎裂的玻璃瓶，沒好氣道：「你又在發什麼瘋？我真該幫你綁架一個心理醫生來。」

坐在沙發上的瑞文轉頭瞪著他，空氣凝結了一秒，直到他抱著肚子開始哈哈大笑。

朱諾翻了個白眼，不滿地看向瑞文，「還是要由我來？多虧你的幫忙，我現在入侵夢境和記憶的力量更強大了……」他故意趴到瑞文身邊，作勢要往他臉上咬一口。「讓我咬一口？我可以永遠竄改掉你那些不好的記憶。」

但瑞文只是懶懶地站起身，讓他停下動作。

「沒有必要，我需要保留著這些記憶，才能知道接下來要誰付出代價。」瑞文打住笑聲，眼神冷得讓人起雞皮疙瘩。

「這麼恐怖，我真同情那些傢伙。」朱諾笑著，在瑞文起身時歪倒在沙發上。

「他們才不值得同情。」

「那接下來呢？你打算怎麼做，你知道我們一定會被教廷追殺吧？」事實上他們可能會被全靈郡追殺。躺在沙發上的朱諾在心裡補充。

「你怕嗎？」瑞文微笑。

朱諾托腮，思考了片刻後聳聳肩，「不，我還滿習慣被追殺這件事的，誰來我就解決誰囉。」

「就是這樣。」瑞文說。他並不懼怕教廷的追殺，他從很久以前就不再擔心這件事了。

「所以你做好心理準備要大鬧靈郡了？」

「我不是一直都在做這件事嗎？我說過，我說到做到。」瑞文挑眉，逗得朱諾大笑。

「你確實是一個說到做到的人。」

「如果你後悔的話，現在還有時間可以退出。」瑞文看著朱諾。

朱諾搖搖頭，「與你為敵還是與教廷為敵？相信我，我絕對會選擇後者。

再說了，反正橫豎都會被教廷追殺，不如和他們槓到底，你想想接下來會有多好玩。」

「是啊。」瑞文微笑。對教廷毫無畏懼，這就是他當初會選擇找上朱諾的緣故。

「不過另外兩個小朋友能承受得了嗎？」

「亞森沒有問題，至於威廉……」瑞文噤聲，他看向門口。

說人人到，「瑞文！」幾乎是同一時間，威廉推開門闖了進來，亞森跟在後面攔著他，卻沒能攔下。

亞森一臉歉意地看著瑞文，瑞文只是搖搖頭，沒事般地靠坐在沙發上，「怎麼了？」他的態度從容。

威廉盯著瑞文髮梢滴落的血水與雨水，又看了眼地上的兩具屍體，他面露驚恐。

朱諾嘆了口氣，很好心地打了個響指，地上的屍體被他變不見了。

「你想說什麼呢，威廉？」瑞文出聲。

威廉回神，他咬著下唇沉默片刻，最後鼓足勇氣似地握緊雙拳往前站。

「我們說好的不是這樣，你和我說，我回黑萊塔只是幫助你們取回朱諾的蠍毒，你沒說過你會做那些事！」

「哪些事？」

「蘿絲瑪麗！你怎麼可以做這種事！還有萊特……你對萊特做了什麼？」威廉激動得漲紅了臉。

瑞文沒好氣地看了朱諾一眼，朱諾只是一臉調皮地聳聳肩。他就是管不住八卦的嘴。

輕輕嘆息，瑞文起身走向威廉，語氣溫柔卻果決，「我沒有殺蘿絲瑪麗，蘿絲瑪麗早就已經是風中殘燭。你也看到了，她是自己在我手中消散的。」

「但如果不是你……」

「她只是選了一個很剛好的時機退場，她是最厲害的占卜者，你以為她占卜不到自己的死期嗎？」瑞文將雙手按到了威廉的肩膀上。「你為什麼沒懷疑她是故意的呢？只是在表演給你們看而已。」

瑞文的陰影覆蓋住威廉，抓在他肩膀上的力道不重，可是卻相當駭人。

「萊、萊特呢？朱諾說你攻擊了萊特……」

「攻擊？我並沒有攻擊他，是柯羅攻擊我，我不得以必須用萊特做人質，他會被傷到只是意外。」

「你對他做了什麼？」威廉的手在發抖，但他還是抓上了瑞文的手腕。

「沒有做什麼，誠如我說的，只是意外，不小心傷到他了。」瑞文的眼神冷得讓人發毛，「我有讓牠不要太過分，只是牠可能沒聽話……」

「萊特……你殺了萊特嗎？」威廉嘴唇發白，連聲音都開始顫抖。

「你很在意嗎？我以為你不在乎黑萊塔的人了。」瑞文沉聲道。

威廉噤聲。他氣黑萊塔裡的每個人，他也氣萊特只關心柯羅，氣他選擇在他和柯羅起爭執時追在柯羅身後離開，而不是停留在他身邊。

可是無論如何生氣，他從來就沒想過要傷害萊特，或是讓萊特付出性命。

「金髮教士對你很重要嗎？」

「他是、他……」瑞文的問題讓威廉語塞。

「威廉，你知道你現在跟我們是一伙的，已經無法分開或反悔了對吧？」

威廉抬頭看著瑞文，在場的所有人也都凝視著他。亞森站在一旁，眼神像是在請求他不要再繼續追問下去了。

「接下來教廷和那隻毒蛇一定會開始獵捕我們，你會在名單上，就算你跑回去投誠，他們也不會大發慈悲放你一馬。你會被送進異端審判庭，他們會拷問你，最後用火燒死你，而你的那些伙伴會坐在底下面無表情地看著這一切……」

瑞文的話讓淚水從威廉的眼眶裡掉了出來，他盯著瑞文，哽咽不止。他很清楚瑞文說的話並不是嚇唬他的，他們現在已經在同一條船上，而那個真正會在異端審判庭上為他發聲的人可能不在了……

「別哭，威廉。」瑞文用拇指抹掉威廉的淚水，哄小孩似地對著他說：「至少我可以跟你保證的是，就如我當初所說的，我們和教廷不同，只要你不丟下我們，我們也不會丟下你。」

威廉咬著下唇，瑞文按在他肩上的手燙得嚇人。

瑞文所說的話從來沒變過，如糖衣般甜美，只是威廉沒料到裹在糖衣下的代價是蘿絲瑪麗和萊特的性命。

朱諾翻了翻白眼，擺手說道：「拜託，威廉，別耍小孩子脾氣了，那只是個垂死老人和白痴教士而已……」

威廉沒有答話，他甩開瑞文的手，轉頭就跑了出去。

「威廉！威……」亞森想喊住威廉，對方卻沒有停下腳步。

「算了吧，讓他去，亞森。」瑞文對著亞森搖頭。

「沒關係嗎？那孩子如果跑走怎麼辦？別忘了你還需要他。」朱諾挑眉，一臉無聊地伸長手指戳著亞森的大腿玩，結果被對方一把拍掉。

「沒關係，讓他自己去靜一靜。他沒辦法做什麼，也沒辦法跑遠的。」瑞文抹了把依舊溼漉漉的黑髮，上頭還有血腥的氣味。他舔了口手指，教士的血確實很甜。

朱諾看著一臉無關緊要的瑞文，擠眉弄眼道：「你真的是隻很會哄騙美少年的大野狼。」

「閉嘴，朱諾。」亞森瞪向朱諾。

朱諾一臉調皮地聳了聳肩，滿不在乎。

「別吵架，大家都去清理一下，然後要準備開始我們的工作了。」瑞文拍了拍手，又回到他平時那副平易近人的模樣。

「什麼工作？飲酒作樂嗎？」

「差不多。」瑞文微笑，他看向亞森和朱諾。「我準備辦幾場巫魔會，邀請更多巫族來參加這場盛宴，你們可以幫我準備嗎？」

朱諾白了瑞文一眼，「狡詐的烏鴉，這就是你這麼積極幫我的緣故吧？」

瑞文笑而不語。

「你應該要慶幸自己長得漂亮，我捨不得揍。」朱諾搖搖頭後站了起來。

「所以，你願意賞臉幫忙嗎？」

「當然，巫魔會多好玩吶，是時候該辦了，只是這次的主人只有我——真正的針蠍男巫朱諾。」

威廉擦著淚水在長廊上一路奔跑，他想逃離現場，逃離瑞文身邊；然而當他來到大門前時，他停下了腳步。

滿臉淚痕的威廉發現自己根本無處可去。他自己也很清楚，很快的，整座靈郡就會鋪天蓋地貼滿他和瑞文他們的通緝令。

當初決定跟隨瑞文時，威廉就已經有了心理準備，卻不曾想過此時此刻的自己竟然會淪落到這個地步。

威廉將手按在大門上，挫敗地跪了下來。他無法離開瑞文，就算離開了瑞文，也無法回去教廷，終日都必須躲躲藏藏，並且面臨來自雙方的威脅。

最終，留下來成為了唯一的選擇。

威廉掩面，他從沒這麼後悔過，如果當初他願意冷靜下來再等等，或許萊特就不會出事了，他現在甚至不知道萊特此時究竟是死是活。

如果可以，不管要付出什麼樣的代價，威廉都想再見萊特一面，和他親口說聲抱歉。

威廉忍不住啜泣，直到整條走廊上只剩他的哭聲，以及蛆蠅在他腹部內蠕動的聲音……倏地，他抬起頭來，翅膀拍打的嗡嗡響聲響從他的腹部來到喉嚨。

威廉起身，沒有打開大門離開，而是折了回去。他隨機在這棟陌生的大宅裡找了間看起來夠偏僻夠隱密的書房，靜悄悄地躲了進去並且將門上鎖。

他沒有開燈，找了把拆信刀、蠟燭和打火機，在書櫃旁的角落坐下。

就在剛才，他忽然有了個想法。既然不知道萊特是死是活，那就乾脆自己下地獄去確認吧！

威廉擦乾淚水，打起精神來。他在黑暗中點燃了燭火放在自己面前，平靜地脫下上衣。冷冽的空氣讓皮膚上起了細小的雞皮疙瘩，不過他並沒有停止動作，緊握著拆信刀，決絕地割開手指，用冒著血珠的食指在腹部上畫著召喚陣。

「伏蘿。」他閉上眼睛，輕聲呢喃。

威廉身下的黑暗變得深沉、空曠，宛如深夜裡的大海，還不時閃現綠色的閃電與光芒。

擁有著一頭綠色長髮的巨大物體，逐漸朝威廉游近。

威廉沒有像以前一樣畏懼，他只是靜靜地看著使魔游向他，將雙手貼在地面上，對著他微笑。

「是的，父親。」

威廉傾身伏趴到地面上，伸出雙手與伏蘿的雙手貼合。使魔模仿著他的動作，連容貌和姿態都相仿。

「我需要你幫我尋找一個靈魂。」

「代價呢？」

威廉沉思片刻，反問：「你想要什麼？」

「美麗的東西。」伏蘿微笑，牠的手指攀爬上威廉的手指，和牠的父親十指緊扣。

威廉也扣緊了使魔冰冷的手指。

無論花費多少時間，多少代價……

「可以，但請先找到我要的靈魂。」

使魔凝視著威廉，像是從寧靜的池水中浮起般，地面隨著牠的移動起了陣陣漣漪。伏蘿張開雙手環抱住嬌小的威廉，將他拽進懷裡，往下拖進地底之下。

萊特不斷往前走著，他失去了時間的概念。

他可能走了有三十天之久，也可能只走了短短十分鐘而已。

不斷出現詭異綠光的地獄邊緣看起來近在眼前，實際上卻遠在天邊，他像在撒哈拉沙漠裡徒步行走，永遠到達不了邊界。

有好幾度，萊特懷疑自己是不是真的死掉了，現在人其實正在地獄裡。然而放眼望去，他只是身處在空無一物的黑暗之中，不像是之前曾經去過的那種布滿黑沙和黑森林、寧靜又孤寂的恐怖地獄。

萊特停下腳步，轉頭往後看去，又望回原本的方向。不管他往哪邊看，地獄邊緣都在眼前，但他就是到不了。

如果這時柯羅在他身邊，或許他就能想出辦法帶他脫離困境吧？

只可惜柯羅不在，他們最後見的那一面時柯羅還在氣噗噗地追著瑞文跑。萊特垂頭喪氣地席地而坐，無論如何都走不到地獄邊緣的挫折，讓他沮喪得甚至躺了下來，原地翻滾。

就這樣了嗎？

他甚至沒能跟柯羅或其他人好好說上話，就這樣死掉了，然後永世都要被困在黑暗裡？

萊特想想就覺得不甘心，明明和柯羅約好了死後他們應該要葬在對方身邊，讓靈魂可以互相騷擾……或者該說是他單方面騷擾柯羅。

「嗚嗚嗚嗚嗚……柯羅！」

他挫敗地朝天上喊著，幻想著柯羅在下一秒就會騎著白馬、身披戰袍來找他，然後可能會直接一劍敲在他腦袋上罵他別吵了，再把他帶離這個不知究竟是何處的地方。

然而這一切都只是幻想而已。

柯羅沒有出現，反倒是那個一直喊著他名字的聲音又忽然出現了。

萊特……

那聲音像是女人和男人的嗓音混和堆疊起來的，萊特懷抱著一絲希望，抬起頭來尋找著來源。

從剛剛開始，他就反覆地尋找過好多次了，但就像隻無頭蒼蠅般，怎樣都找不到聲音來源的方向。

不過這時他發現，原先一直盤旋在遠處的地獄邊緣忽然奇蹟似地變得更近了。

萊特爬起來，開始往地獄邊緣的方向奔跑。

他心裡有個聲音叫自己停下，不要繼續往前跑了，柯羅可能正在外面等他；然而那不斷喊著他的聲音卻又讓他想一探究竟……

一陣轟隆聲響襲來，轉移了萊特的注意力。

地獄邊緣裡綠光乍現，裡頭颳起了巨大的漩渦，彷彿龍捲風一般。裡頭的靈魂像受了驚嚇的魚群似地四處散開、奔逃。

眼看著漩渦朝自己靠近，萊特往反方向開始逃跑，腳卻忽然如同陷進流沙般動彈不得。

萊特開始往下沉，沉進更深的黑暗之中。他有種不好的預感，那股拉力和他當初被拉進地獄時的拉力很像。

萊特……

聲音從四面八方傳來，萊特不斷地掙扎，一隻手忽然從上頭猛地竄入，想拉住下陷的他卻錯失了時機。那纖細的指尖只是輕輕碰了他的指尖一下，短暫的交握後，萊特就繼續被拉往深淵。

他抬頭想看清楚對方是誰，眼前卻只有一片黑暗。

就像當初他和柯羅掉入地獄時一樣。

萊特一路墜落，直到他摔到一張花色雜亂的扶手椅上。

這是一間溫暖、有著壁爐的房間內部，而他的對面，同樣坐在扶手椅上的竟然是蘿絲瑪麗。

蘿絲瑪麗喝著茶，對於他的到來好像沒有太多驚訝。

「奶奶！」萊特歡呼。

「蠢蛋。」蘿絲瑪麗覷了他一眼，難得露出了笑容。「這裡是地獄你知道嗎？怎麼又跑下來了。」

萊特轉頭四處張望，他看著壁爐裡升著暖暖的火，回答：「但這裡不像是地獄啊。」

「扶手椅是那個花色你還說不是在地獄？」蘿絲瑪麗說。

也許自己只是做了一場夢，蘿絲瑪麗奶奶怎麼可能在地獄裡呢？萊特安慰著自己，正要因為蘿絲瑪麗說的笑話笑出來，卻發現總是跟在奶奶身邊的暹因並不在。

萊特皺起眉頭，困惑地看向蘿絲瑪麗。蘿絲瑪麗只是靜靜地看著他，戲謔道：「你的來訪大概也是地獄的玩笑。」

「奶……」

——萊特。

倏地，喊著他名字的聲音又響起，蘿絲瑪麗似乎也聽到了，「地獄裡有很多人想見你呢。」

「仇家嗎？」萊特如臨大敵。

「蠢蛋。」蘿絲瑪麗被逗笑了，沒給萊特繼續囉嗦的機會，她靜靜地放下茶杯。「好了，謝謝你的到訪，去玩吧。但別花太多時間在地獄裡，小心這次真的回不去了。」

隨著那一聲杯盤輕敲，萊特覺得自己和那張醜陋的扶手椅融為了一體，又化做流沙繼續往下掉落。

他一路掉進了那個充滿黑色沙子的世界、掉進了柯羅的可怕鬆餅屋裡、最後掉進了一間放著嬰兒床的房間。

萊特站在既陌生又熟悉的房間內，看著那個和他有著幾乎一模一樣色澤的金髮女人站在那裡，背對著他搖著嬰兒床。

他下意識地喊了句：「媽？」

萊特不知道自己在幹嘛，他不該亂認人當媽的。他正想說聲抱歉認錯人了，女人卻轉過身來看向他，並且對他微笑了起來。

「萊特。」

那正是喊著他的聲音之一。

萊特的耳朵一熱，忍不住跟著笑了起來。女人的笑容讓他胃暖暖的，他從沒同時這麼興奮又緊張過。

丹德莉恩，他的母親就站在他面前，這次不是像上次那樣模糊的黑影，而是清晰分明的金髮女巫。

「媽。」這次萊特的語氣堅定了點，他邁開步伐想上前，身體卻又開始像軟泥般往下墜落。

只是這是丹德莉恩接住了他，將他從地上拉起。

「振作點，小笨蛋，別被地獄吸走了。」

女巫的金髮像太陽一樣明亮，萊特抱緊了她，就像個孩子。

CHAPTER 4

葬禮

連日大雨下個不停，丹鹿撐著黑傘站在蘿絲瑪麗的墓旁，往空蕩蕩的棺材上撒了把泥土進去。

等他點頭後，一旁的工人拿著鏟子開始往墓地倒土，將棺材逐漸淹沒在泥土裡。

丹鹿抬頭看著蘿絲瑪麗的墓，她被葬在歷任暹貓家的女巫、男巫們死亡後埋葬的專屬墓地裡。墓碑上站著一隻姿態優雅的貓。

蘿絲瑪麗的葬禮辦得非常簡單。

約書雖然答應丹鹿要替蘿絲瑪麗辦場體面點的葬禮，然而瑞文回歸的消息傳遞得太快，新聞鋪天蓋地，教廷也正為了這些事情嚴陣以待，所以根本沒有多少人在意蘿絲瑪麗離開這件事。

最後丹鹿只得到了幾位教廷指派的工人協助、一具簡單的棺材，以及幾位前來監督葬禮的鷹派教士。

多諷刺，身為督導教士的他居然還要被其他的教士督導。

丹鹿滿臉不悅地轉頭看向站在一旁的鷹派教士，他們正笑鬧著，一點也不把女巫葬禮當成嚴肅的場合。

自從瑞文入侵以及威廉叛變的事情被教廷知曉後，教廷便另外派了許多的鷹派教士前來黑萊塔，美其名是「協助」，實質上卻是監督。

所有黑萊塔的教士和男巫都知道，他們已經不受教廷信任了。

知道這件事後，最為勃然大怒的大概就屬格雷了。還在醫護室養傷的他，向他們抱怨著這一切都是他們的錯，如果不是他們胡來，事情也不會演變成這樣。

不過所有人……包括格雷自己都清楚，威廉的叛逃跟他這個督導教士脫離不了多少關係，所以他現在即便再怎麼向教廷爭辯，都是無用之舉。

黑萊塔內目前一片混亂，所有人都分身乏術，這導致在蘿絲瑪麗的葬禮這天，能出席的只有他而已。連真正與蘿絲瑪麗有血緣關係的榭汀，也正待在天堂裡治療著昏迷不醒的萊特，根本無暇他顧。

丹鹿神情凝重，在工人們把土填上後，為蘿絲瑪麗在墳墓前獻上一朵花。

這麼冷清的葬禮，蘿絲瑪麗奶奶會喜歡嗎？雖然他認為她如果還在世的話，大概只會翻翻白眼，一邊摸著暹因一邊說她才不在乎……

「到底為什麼還要特地為普通的女巫辦葬禮呢？真是搞不懂獅派的腦袋在想什麼。」

閒言閒語的聲音喚回了丹鹿的注意力，他不悅地瞪向那兩個當他是空氣的鷹派教士。

「說到獅派，記得那個很怪的教士……蕭伍德？萊特．蕭伍德？聽說他也被攻擊了。」

「還活著嗎？頭是不是被砍下來了？記得有關血鴉瑞文的那些傳聞嗎？」

「會不會很快教廷又要再辦喪禮了？」

「少烏鴉……啊！」

兩名鷹派教士忽然抱著腳跳了起來，原因無它，正是那個矮個子的獅派教士一語不發地走來，分別踹了兩人的脛骨一下。

「你幹什麼！」

「你是起了反叛之心嗎？瓦倫汀！」

鷹派教士們抱著小腿，痛得蜷縮起來，狼狽地不斷跳動。

「不，我只是要你們在蘿絲瑪麗的葬禮上放尊重一點。」撐著傘的丹鹿臉上的神情毫無畏懼。

「這只是女巫的葬禮而已！」

「小心我們呈報教廷，說你被巫族控制了才攻擊我……噢！」

丹鹿又在鷹派教士們被踹的同個地方再踹了兩腳，他臉上難掩憤怒，「我才不在乎你們要怎麼向上面報告，蘿絲瑪麗可是救了我們的人，她是黑萊塔最棒的女巫！」

「你們獅派都是一群女巫狂熱的瘋子！」

「你就等著看，你們搞出的事情教廷很快就會下達懲處，也用不著我們多說什麼。」

鷹派教士們語帶輕蔑和威脅，然而在丹鹿作勢要踹第三腳時，他們猶如驚弓之鳥般紛紛向後退開。

雖然有兩個人，但在神學院就讀時曾經和號稱束縛大師的丹鹿交手過的他們都知道，如果真的打起來，丹鹿可能會隨手把他們用自己的衣服捆起來，赤裸地丟進墓地裡活埋。

雖然不知道丹鹿有沒有這麼瘋，但他們沒人敢冒這個險。畢竟對他們來說，會為女巫的死亡感到傷心，甚至想用送葬教士的莊嚴形式送葬女巫，只有瘋子才會這麼做。

看著邊交頭接耳說著他的壞話邊離去的鷹派教士們，丹鹿一個人撐著傘站在雨中。他轉過身，凝視著蘿絲瑪麗的墓，眼淚又不爭氣地掉了下來，直到他看見墓上不知何時長出了一朵小花。

那花朵很不顯眼地長在剛覆蓋上的土堆裡，嬌小艷麗，淺淺的藍色，就和蘿絲瑪麗逝去時的花朵一樣。

丹鹿盯著那朵花，可以想見，過幾天、幾個禮拜或是幾個月後，蘿絲瑪麗空蕩蕩的墓碑上會長滿這種漂亮的花朵，生氣蓬勃。

不要哭了，小老鼠。

丹鹿轉過頭去，他以為自己聽到蘿絲瑪麗的聲音了，但身邊什麼人都沒有，只有一隻灰藍色的貓咪在雨中俐落地穿梭而過。

吸了吸鼻子，看著溜走的小貓，丹鹿擦拭掉淚水，獨自替蘿絲瑪麗朗誦起祝禱文來。

就在這時，丹鹿隨身攜帶的平板事典亮起，一封來自教廷的緊急訊息打斷了他的祝禱。他低頭，打開訊息閱讀內容，卻很快地皺起眉頭。

大雨裡，丹鹿不得不暫時停下祝禱，一路往黑萊塔的方向奔跑……

「情況怎麼樣了？」

絲蘭站在岸邊，眉頭緊擰。

榭汀沒有說話，他神情凝重地站在甘露池內，挽著袖子在藍色的細沙中打撈著被他埋了一陣子的萊特。露水浸溼了他的衣服和下半身，但出產甘露的天堂是以他的血水餵養，這讓他免於受到甘露的副作用影響。

萊特被送來的時候狀況相當嚴重，幾乎是危在旦夕。使魔的力量強大，被使魔攻擊的普通人通常難以存活。

萊特的胸口被割開了一道巨大的傷口，使魔似乎對他很有興趣，幾乎要吸乾了他的血；但幸運的是，雖然界在死亡的邊緣，萊特依然保住了一口氣，這給了榭汀救他的機會。

從細沙中撈出萊特，榭汀仔細地觀察著他的傷勢。

在絲蘭堅持要讓萊特進入天堂治療時，榭汀還很懷疑他背後的目的。想想他們以前的相處模式，一度榭汀還猜忌著絲蘭是不是想害死萊特。

但從現在萊特已經幾乎被修復好傷口的狀況來看，絲蘭所言不假，天堂的甘露對萊特來說確實很有效用。

只是傷好了，人卻沒有回來。

「萊特……萊特？」榭汀輕輕搖晃著萊特。

萊特的臉色依舊慘白，心跳細微又緩慢，他緊閉雙眼的模樣像具冰冷的屍體。榭汀從沒見過這麼安靜的萊特。

從前他總覺得萊特煩到不行，想拿東西塞住萊特的嘴讓他永遠閉上嘴巴；但現在萊特這麼安靜，榭汀反倒有點懷念起他在耳邊囉哩囉唆的那些時光。

榭汀凝視著懷裡的萊特，輕輕撫摸著他沉靜的臉……然後抬手用力賞了他兩巴掌。

「喂！」絲蘭在岸邊不高興地喊著。

「沒事，我只是想試著叫醒他，別緊張。」榭汀白了絲蘭一眼。這中間一定發生了什麼他不知道的事情，不然怎麼會短短的幾天過去，絲蘭忽然和威廉還有柯羅一樣成為了萊特護衛隊的一員？

榭汀盯著依然安詳沉睡的萊特，調侃道：「你是什麼專門蒐集男巫粉絲的少女偶像嗎？」

萊特依舊沉睡著沒有回應。

榭汀嘆了口氣，將萊特再度沉入沙與水之中。

「榭汀……萊特到底怎麼樣了？」絲蘭在岸上焦急地詢問。

「他的傷好得差不多了，但是我叫不醒他。」榭汀走回岸上，抓了條毛巾擦拭身體。

「為什麼？」絲蘭不解。

「我不知道，他的身體是癒合了，靈魂和精神卻沒回來。」

「什麼意思？」

「我們找到他們、帶回萊特時，他已經是垂死狀態了，也許靈魂去地獄邊緣走了一遭。」榭汀說，「他之前就下過地獄，而且非常張揚，如果再次進入，在裡頭遊走的東西們可能會很敏感。」

「你的意思是有什麼東西絆住他了？」

「有可能。」榭汀思索著，「別忘記現在站在瑞文那邊的有個威廉，地獄邊緣裡還有他的使魔在，萊特如果是被他抓住的話也不無可能。」

「如果他的靈魂一直不回來的話……」絲蘭沉下臉。

榭汀點頭，「萊特就正式邁向死亡了。」

「如果我們像之前一樣下地獄一趟呢？」

「但唯一可以幫助我們下地獄的人不在這裡。」

絲蘭和榭汀互相凝視，他們對於威廉的叛離既意外卻又不是真的這麼意外，畢竟在黑萊塔的男巫們誰不曾想過要脫離教廷的監督這件事。

只是榭汀遇到了丹鹿，絲蘭遇到了卡麥兒，威廉卻遇上了格雷那傢伙。

「真的就沒有其他方法了嗎？」

「我不知道。」榭汀又嘆了口氣，頭疼地揉著太陽穴。

為了將萊特從鬼門關前拉回來，除了天堂的甘露之外，他幾乎能試的藥草都試過了，不眠不休地忙了不知道多久，在得知丹鹿準備辦蘿絲瑪麗的葬禮時他也無法前往出席。

然而無論他怎麼做，萊特就是沒有清醒的跡象，他的心跳和脈搏反而隨著沉睡越來越薄弱。

雖然他曾經答應過柯羅會將萊特救回，然而救治好了身體卻救治不了靈魂，彷彿萊特的靈魂正在地獄盤旋而不願意回來……

「現在的我真的無計可施。」榭汀說，「我會再去查一些蘿絲瑪麗的古籍，看看還有什麼方法。但我必須說，以現在的狀況來講機會不大，我們也許最後只能寄望萊特自己靠著意志清醒了。」

榭汀和絲蘭雙雙看向甘露池裡的萊特，他沉在池底，看起來平靜安詳。

「那傢伙總是很幸運，他一定能想到從地獄脫困的方法，對吧？」榭汀說。

「總而言之繼續想想辦法。」絲蘭皺眉，一臉憂心，「你必須把他救回來。」

榭汀看著因為四處奔波，此刻又變成幼童模樣的絲蘭，他沉默片刻，開口詢問：「對了，你要不要告訴我，堅持讓我用天堂甘露治療萊特的原因是什麼？你們消失的時間裡發生了什麼事。」

絲蘭抬頭注視著榭汀，語重心長道：「我相信你已經猜到了箇中原因。」

「你不詳細告訴我是什麼事情嗎？」

「不，我認為這件事情越少人知道越好，你知道的資訊越少，對你也越好。」

「現在有多少人知道？」榭汀問，「柯羅也知道？」

絲蘭什麼話也沒說，似乎是篤定了不再透漏更多的資訊。

「我是無所謂，但丹鹿是萊特最重要的朋友，難不成他不該知道這件事？」

「相信我，你們都不該知道或涉入這件事，你很清楚如果教廷知道這些事可能會怎麼做。」

一陣沉默，絲蘭和榭汀看向對方，似乎達成了共識。

「為了你們好，請假裝什麼都不知道就好，也不要對瓦倫汀多說什麼。」

「我明白了。」

「萊特就麻煩你繼續想辦法了，我必須去看看麥子的狀況。柯羅那邊我也會先去安撫一下，那傢伙不吃不喝的煩死了……」絲蘭強打起精神，讓自己又變身成了成熟老紳士的模樣。他整整領子，又說：「然後我會再去替蘿絲瑪麗獻上花束。」

榭汀點頭，看著額際上青筋迸裂的絲蘭，從懷裡掏出如同小酒瓶般的藥水給對方。

「喝下去，你會好一點，以後如果有需要就來找我吧……畢竟我已經正式繼承了暹貓的頭銜，你們也只能找我了。」

絲蘭沉默地接下了榭汀的好意，半晌才說了句謝謝。只是在準備離開天堂之前，他還是忍不住回頭看向榭汀，提醒道：「找個時間，最後也去看她一眼吧？」

「或許等事情結束之後吧。」榭汀說。

絲蘭沒多說什麼，看了萊特最後一眼，隨後轉身離開，獨留榭汀一人。

榭汀站在岸邊，視線無意識地看向依然埋在藍色細沙之中的萊特。他好奇，如果萊特的靈魂真的被困在地獄的話，他會不會見到蘿絲瑪麗呢？

不知道蘿絲瑪麗在地獄是否安好？

不過這些都不是重要的事情……榭汀想著，他換上乾淨的新衣服，正準備著手進行其他研究，轉頭卻看到天堂的甘露池出現了異象。

原本平靜無波的甘露池內起了陣陣漣漪，天堂埋在沙底的根部開始像觸手般胡亂擺動，不停將原本泡在池裡的萊特推出來。

榭汀見狀，臉色鐵青地急忙往回衝，一邊喊著：「不！不，放他回去！」

因為榭汀深知，當天堂決定把人推出甘露池外，那通常表示它們認為那人已經不再是活物。

柯羅做了個夢。

黑暗中，萊特不理會他，不斷地在前方走著。

萊特——

柯羅緊追在後面，他不停大聲呼喊著萊特的名字，聲音卻悶悶地發不出來。他想跟上萊特的腳步，無奈雙腳像踏進了泥潭裡，無論他怎麼用盡全力，速度都跟不上前方的人影。

幾度，萊特像是注意到了柯羅的呼喚，他回過頭來四處查看，卻在柯羅揮手呼喊時再度轉過頭去，彷彿沒有看到近在咫尺的他一般。

直覺告訴柯羅前方有危險，萊特去了可能就回不來了；然而看著萊特繼續往前方走去，他卻束手無策。

腳下的黑泥抓住了他，讓他越陷越深，而萊特也越走越遠。

萊特！回來！萊——

柯羅的叫聲被黑泥淹沒，他沒辦法呼吸，無法動彈，直到一陣巨大的鐘聲響起，他終於有力氣和聲音喊出：「萊特！」

柯羅驚醒，渾身沁滿了冷汗。他餘悸猶存地撐起身，發現自己趴在辦公桌上睡著了。

外面的天色已經黑了，而他頭上的大鐘正匡匡作響，敲得他頭疼。

柯羅按著太陽穴，疲憊地揉著眼睛。他已經連著幾天都睡在黑萊塔裡了，萊特一直沒醒來，他就一直無法安心下來。

盯著辦公桌面下壓著的各式各樣亮晶晶的糖果包裝紙發愣，柯羅伸手撫摸來自甜湖鎮的太妃糖包裝紙。

那是萊特第一次買給他的糖果。

知道他有蒐集漂亮糖果紙的習慣後，每次萊特和他出任務時，幾乎都會特地買當地的糖果給他當紀念。

桌面下蒐集了來自各個小鎮的糖果紙，看起來閃閃發亮，就像寶石和萊特的頭髮一樣。

柯羅垂下眼，相較之下，玻璃鏡面反射出來的自己頭髮雜亂、臉色蒼白，像行屍走肉。

又做惡夢了嗎？

你一直在喊萊特呢。

肚子裡的聲音響起，彷彿已經沉默了太久。柯羅不悅地皺眉，自從萊特出事之後，蝕就開始不斷與他對話。

小鑽石還好嗎？是不是撐不過去了？

那傢伙幾乎喝乾了他的血呢。

你都不生氣嗎？不生你哥哥的氣嗎？

原本柯羅並不想理會肚子裡的蝕的挑釁，但在蝕提到這些事情時，他還是忍不住用力捶了一把桌面。

「閉上你的鳥嘴，我現在不想理你。」柯羅起身整理著桌上的東西，他穿上大衣，打算再回去榭汀那裡打聽看看萊特的最新情況。

但想當然耳，蝕不會放過他。

可憐的小柯羅，原本跟在身邊的小鑽石也把你丟下了。

現在你只剩我了，該怎麼辦呢？

蝕一直不停地在利用他的怒氣，想惹他發火，引誘他失控將牠召喚出來。

「別以為我不知道你在做什麼。」柯羅將雙手撐在桌上，彷彿這樣就可以壓抑自己的憤怒。

嘻，我想做什麼？

「為什麼一直選擇不進食？你在忍耐什麼？」

問題不是我問的嗎？怎麼換你問了？

「只要越餓，進食時就會讓食物變得越美味……」

蝕沉默著，只發出了笑聲。

「你一直在等，對嗎？等食物變得更好吃。」柯羅原先不懂蝕為什麼不斷忍耐著不進食，還很情願地幫助他和萊特渡過那些危險的時刻。

最近他忽然意識到了，蝕可能是在等待進食的時機。

「你靠著我的美好回憶、美夢為食，那是你最喜歡的食物，但你已經把我那些美好的童年回憶吃得差不多了，所以你一直養著我和萊特的關係。」

蝕願意如此配合，心甘情願地幫助他們，只是想養出豐美的食物，讓自己的力量變得更加強大、更加無懈可擊，也更好控制身為宿主的他而已。

柯羅的心一沉，這明明是已知的命運，他也早該猜到蝕的意圖……但他選擇了逃避和忽視。他好幾次僥倖地想著，或許這是萊特帶來的幸運，這卻讓他忽視了自己本身帶來的不幸。

蝕沉默了片刻，又發出討人厭的笑聲。

嘻嘻……你也不完全是個小笨蛋嘛。

「我才不會讓你得逞，所以現在給我閉上嘴！」柯羅轉身就要離開辦公室，他決定不再理會肚子裡的使魔。

但你以為自己能撐多久呢？

等到小鑽石離開，等到你哥哥回來找你……你最後還是會需要我的，柯羅。

畢竟，直到你死前，我才是唯一會永遠待在你身邊的人啊。

我給你點時間好好想想……

蝕終於安靜下來。

柯羅緊握著拳頭，指甲都陷進手心裡，血滲了出來。他用疼痛提醒著自己不能失控，萊特還沒醒來，所以他絕對不能在這種時候失控。

冷靜下來，等萊特醒來，等萊特醒來之後一切都會沒事的。

柯羅深呼吸一口氣。

他不會再犯錯的，他發誓，只要萊特醒來，他以後一定會好好聽那笨蛋說的任何話。

……但他醒得來嗎？

走下迴轉梯的柯羅又聽到了聲音，不是來自蝕，而是來自他腳下的影子。

影子隨著光線在長長的走廊上越拉越長，就像站在走廊上的另一端。

別忘了，一切都是你害的。

柯羅渾身僵硬地站在原地，看著自己的影子隱隱約約露出眼睛和嘴來，對他不懷好意地笑著。

你失控了，就像你的母親、就像你的兄長……瘋癲的極鴉家族。

沒了萊特，美夢被吃掉了，剩下的就只有惡夢而已。

你還會是你嗎？

影子不停和他說著話。柯羅站在原地，動彈不得，因為他知道那是他自己的聲音——恐懼的聲音。

柯羅開始呼吸困難，冷汗浸溼了他的髮梢，他只能像念咒語般不斷念著：「沒事的，萊特會醒來的，一定會醒來……」

柯羅直視著自己的影子，直到走廊那一側有人踩上了他的影子，一路朝他跑來。

「柯羅！」

叫喊的聲音喚醒了柯羅，他一抬頭，就看到丹鹿急急忙忙地跑過來，上氣不接下氣。

「太好了！你還在。」丹鹿在那裡喘到無法說話。

「怎麼了？萊特出了什麼事嗎？」柯羅問，他的影子在發抖。

「不，不是萊特的事情，聽我說……」

「說什麼？」絲蘭忽然推開窗戶闖了進來，唐突得讓丹鹿差點尖叫。

「薩絲瑪麗的葬禮結束了？」絲蘭有些惋惜地看著淋雨淋得滿身溼的丹鹿。

丹鹿抹掉臉上的水，急切地點點頭。

「發生什麼事了，萊特還好嗎？」一瞬間好像忽然全世界的人都在找他一樣，柯羅一頭霧水地看著眼前的絲蘭和丹鹿。

絲蘭一巴掌推開正要講事情的丹鹿，他看著臉色不好的柯羅，另外一掌掐到了他的腦袋上。

「痛！痛死了，你幹什……」

「冷靜下來聽我說，萊特還沒醒過來，我和榭汀都認為他昏迷的時間有點太久了，我們怕這樣下去會很危險。」絲蘭的話讓柯羅和丹鹿同時安靜下來。

柯羅沒有作聲，但絲蘭可以感覺到他全身都在顫抖。

「等等……但是，榭汀正在想辦法了，對嗎？」丹鹿的聲音聽起來也很緊張。

絲蘭沉默片刻才說道：「是的，他正在想辦法，不過我還是希望你們其中的某人打起精神來，至少吃點東西和喝點東西，我不想要小貓咪已經忙得團團轉了還要分神治療其他人。」

絲蘭把話說得很明白了，他放開柯羅的腦袋，瞪著他看，「為了萊特好，麻煩你想辦法打起精神。」他用力彈了他的額頭一下。

柯羅按著額頭，沒有反抗或大吼大叫，只是沉默地站在原地。

「我可以說話了嗎！」這時候換丹鹿大聲了，他一臉著急地抓著柯羅和絲蘭，「聽著，大事不好了，教廷那邊發了命令下來。」

「要扣你薪水，還是要對我們實施禁令？」絲蘭挑眉，一臉見怪不怪的模樣。

「不、不！都不是！」丹鹿瞪大眼睛說，「他們想關押柯羅。」

絲蘭和柯羅同時看向丹鹿，兩人臉上都是滿滿的問號。

而就在這時，走廊那端傳來了整齊的步伐聲。

由約書在前頭領隊，後面跟了一整群的鷹派教士，他們身上攜帶著槍枝，一上來就將柯羅一行人團團圍住。

「柯羅，教廷下達了命令，由於血鴉瑞文的入侵無法排除和你有關係，我們決定先將你關押起來，直到你的嫌疑洗清。」約書雙手背在身後，嚴肅地盯著柯羅。

「你們是在開玩笑嗎？」絲蘭一臉不解地質問。

「我和瑞文的入侵沒有關係！約書，你明明知道的！」柯羅握緊拳頭，但他才稍微挪動腳步，整團鷹派教士都圍了上來，他們舉槍對準柯羅。

「慢著！大學長，沒必要這樣吧？」丹鹿護在兩名男巫身前，舉著雙手阻止一群人的逼近；但看著鷹派教士各個凶神惡煞的模樣，他懷疑他們會不會根本不管他也在場，一起開槍攻擊他。

「我很抱歉，但這是教廷下達的命令。」約書深深嘆息，表情還是隱約露出了無奈。

「這跟柯羅不可能有關係，從頭到尾都是他和萊特在幫我們……」

約書抬手打斷丹鹿的請求，同時也讓身邊逐漸逼近柯羅的其他教士退後。他一個人往前站，在只有丹鹿一行人聽得到的範圍小聲說道：

「配合一點，瓦倫汀，現在不只是柯羅，你們也都被列為觀察對象了。」

「但是……」

「不要讓事情變得更困難。」約書看向絲蘭。

絲蘭沉默片刻，向後退了一步。就在這時，一隻銅蛇忽然從陰影處竄出，直接將柯羅捲了起來。

柯羅被五花大綁，連嘴也被封住。

「還是這個方法比較快吧？不然我們可能要在這裡耗上一整天。」伊旬隨之從陰影處走出，臉上帶著毫無感情的笑意。

絲蘭冷眼看著伊旬，卻沒有出手阻止。

「我們不能再和教廷談談嗎？做這種決定太草率了……」丹鹿還想說話，卻被絲蘭按住了肩膀。

「只是暫時關押而已？確認他沒有問題就會放他出來？」絲蘭問。

「我只能告訴你，在事情還沒釐清之前，關押柯羅是必要的。」伊旬看著地上的柯羅，柯羅被烏洛波羅斯鎖著，因為掙扎而漲紅了臉。

走廊上的燈忽明忽滅，弄得所有鷹派教士都很緊張，手上的槍沒放下來過。

伊甸默不作聲，一腳踩到柯羅身上，直到銅蛇將他鎖得更緊為止。

「伊甸！」約書抓了伊甸一把。

好半晌，伊甸才鬆開腳，「沒事，只是確保他不會造成傷害而已。」他依然微笑著。

「你們這根本是……」丹鹿還想反駁，手機卻開始不斷震動。是榭汀的來電。

「可能和萊特有關。」絲蘭用眼神示意丹鹿先去接電話，丹鹿猶豫再三，最後才到角落去接通來電。

「我和你們保證，我們會很快弄清楚狀況的。」約書看著絲蘭，對方的沉默讓他語帶歉疚。

「希望如此。」

絲蘭蹲下身去，將手放在柯羅身上，什麼也沒說，但柯羅安靜了下來。

「柯羅會暫時被關在教廷的地牢內看守，至於你們其他人，請確實遵守黑萊塔內的紀律。」約書說。

絲蘭沒有回應，只是看著鷹派教士們齊齊整隊，像押送當年的瑞文一樣將柯羅押走。

舊事彷彿不斷在重演。

絲蘭咬了咬牙，一轉過頭，卻看到丹鹿臉色慘白。

「怎麼了？」絲蘭問。

「榭汀說……萊特的狀況變糟了。」

CHAPTER 5

女巫地牢

柯羅的手臂被擠壓在身體兩側，銅蛇堅硬的軀體幾乎將他肺裡的空氣都擠出。難以忍受的惱怒不斷在他體內蒸騰，但他還是忍下來了。

「冷靜……別讓毒蛇消耗了你的體力。」

「主人會盡快想辦法救你出來，別打草驚蛇。」

「別緊張，你想要我唱歌給你聽嗎？」

「閉嘴！你唱歌難聽死了！」

柯羅的耳朵很癢，因為有幾隻非常小的蜘蛛正在裡頭，為了要不要唱歌而大打出手。

剛剛絲蘭蹲下來查看他的狀況時，幾隻肉眼難見的超小蜘蛛從他身上跳下，一路鑽進了柯羅的頭髮和耳朵裡。

牠們不斷安撫著要他冷靜，其中一隻還不斷想唱歌。

絲蘭也用眼神示意他冷靜，現在爆發對他們誰都沒有好處，對萊特也沒有。柯羅自己也知道這個道理，所以他硬是吞忍下了怒意。

柯羅被一路綁縛著，烏洛波羅斯纏住了他的整張臉，有一段很長的時間，他不懂看不到，能聽到的聲音也只有耳朵裡的蜘蛛們。

當他的身體開始因為路途的顛簸而震動時，柯羅知道自己正在被載往教廷的路上。

現在這個時間點離開萊特是柯羅最不願意面對的事情，但他無能為力，如果和教廷正面起衝突，沒人知道會發生什麼事，尤其是對萊特。

他的衝動已經讓萊特付出了重大的代價，他不能再冒任何會對萊特造成危害的風險。

柯羅閉著眼，蜷縮在壓迫著他的冰冷銅蛇下。他唯一慶幸的事只有絲蘭臨時丟出的幾隻蜘蛛真的很吵，唱歌也很難聽，這讓他肚子裡的蝕幾乎沒有插話的時間。

一路聽著蜘蛛吵架和難聽的歌聲，雖然肺部已經被壓迫到極限，柯羅還是強迫自己深呼吸，保持冷靜。

不知道過了多久的時間，柯羅發現顛簸停止了，他被挪動，一路前往那個所有男巫都懼怕的地方——設在教廷之下，由銜蛇男巫一手打造的地牢。

惴惴不安地行進一陣子之後，纏繞在身上的烏洛波羅斯終於鬆開了些許，讓他能經由隙縫往外窺視。

白懷塔無論外在或內裡都是一片潔白的裝潢與擺飾，神聖又純潔；然而位於白懷塔最底層，深藏在異端審判庭下的女巫地牢卻完全是另外一回事。

由歷代銜蛇男巫們打造的女巫地牢，看起來像是座巨大的齒輪時鐘內部，有鏽蝕痕跡的金屬齒輪密密麻麻地在天花板上轉動著，四處都是大小不一、跟著齒輪轉動的時針和分針，但時間全都不統一。

傳說在女巫地牢裡待久了，時間感會被天花板和到處都是的指針消磨殆盡，最後人也會變得瘋狂。

「不要看，主人說不要看。」

「烏鴉寶寶閉上眼。」

蜘蛛們跟柯羅說著話，柯羅沒有閉上眼，但他試著撇開視線。

「你們先下去吧，接下來由我和伊旬來護送就好。」柯羅聽到約書正對著誰說話。

腳步聲整齊地散去，柯羅猜測可能是把他當重刑犯一樣押解的鷹派大軍。他仔細聆聽，走廊上最後只剩下約書和伊甸的步伐，以及烏洛波羅斯移動的鏗鏘聲響。

柯羅看不到他們的全身，只能看到他們的腳，伊甸的皮鞋上有著蛇一樣的紋路，彷彿還有眼睛盯著他看。

平時無話不談的教士與男巫異常安靜，柯羅被帶入了牢籠內，金色的欄杆上爬滿金色的銅蛇。

終於，烏洛波羅斯將柯羅鬆綁開來。

柯羅被銅蛇擺成了跪姿，他因為屈辱而漲紅了臉，雙手緊握，耳裡的蜘蛛們則是不停吵著要他冷靜。

「我沒有和瑞文私通！我不可能和那傢伙還有聯繫，你們明明知道的！」但柯羅還是忍不住對著約書和伊甸大吼。

「這不是你說沒有就沒有的事。」

伊甸低頭望著柯羅，他此刻的眼睛看起來像暗夜裡的蛇眼一樣閃爍著，

「安靜，乖乖配合，如果你不想要再被綁起來的話。」

柯羅腳邊的烏洛波羅斯又在蠢蠢欲動。

「別這樣。」約書拉住伊甸。

「他是嫌疑犯，還很危險。」伊甸回過頭說。

「不，他是黑萊塔的男巫，我們只是暫時先請他待在教堂，確保他和瑞文之間沒有聯繫。」約書說。

伊甸和約書兩人僵持著，烏洛波羅斯爬到了柯羅身上。

「他沒有危險性，對嗎？柯羅？」約書看向柯羅。

柯羅沒有作聲。**讓我出來。**蝕在他肚子裡喊著。

伊甸在這時走上前，一把扣住柯羅的手腕，原本纏在柯羅腳邊的烏洛波羅斯立刻竄上，隨著伊甸的動作不斷重複地纏繞在他的手腕上，變小並緊縮。

幾絲星火冒出後，柯羅肚子裡的聲音也忽然安靜了。

「伊甸！」

「別擔心，我只是在壓制他的巫力而已，這樣能確保他不會隨便召喚使魔出來。」伊甸輕輕拉開約書搭在他肩膀上的手。

柯羅看著固定在手腕上的烏洛波羅斯，它已經變成了一副金色的手銬，嘴裡緊緊銜著自己的尾巴。

柯羅試著掙脫，但手銬就像水泥一樣凝固在他手上。

「整座女巫地牢的設計和材質，都是專門用來壓制暫時被關押在這裡的巫族們的巫力，所以請不要費力掙扎。」伊甸說。

柯羅試著移動自己的影子，影子卻只是微弱地閃動一下。

「如果真的與你無關，你會被釋放，但這段時間就麻煩你安分地待在這裡。等我們追捕到瑞文，還有弄清楚一些問題……」伊甸的語氣聽起來意有所指。

柯羅注視著對方，不解地皺起眉頭，伊甸的視線讓他心頭有股不好的預感。

「也許之後你就能離開了，也許不能。」

「我沒有罪！」柯羅吼道，「我一直都與教廷站在同一邊，為所有人賣命，你明明很清楚我們的狀況！」

伊甸卻不再理會他，轉頭就對著約書說：「我們走吧？這裡不適合待太久，對巫族還是一般人都是。」

傳言確實是真的，女巫地牢使人迷亂，承認罪行時會更乾脆一點。

約書點了點頭，腳步卻沒挪動。

「你先去忙吧，我必須再告誡柯羅一遍在地牢裡必須遵守的規矩。」

伊甸遲疑了兩秒，但看著約書正經八百的臉，他點頭同意後便轉身離開。

「我會再回來的。」只是他轉身離去時的話相當耐人尋味。

待伊甸的腳步聲離去，約書才回過頭來看著柯羅。

「不要浪費力氣白費唇舌了，你認為現在這個樣子我還能做出什麼事嗎？」柯羅像是用盡最後的力量想從冰冷的大理石地板上站起。

約書沒說話，第一時間走上前將柯羅扶了起來。

柯羅推開了約書，靠在牆上警戒地盯著他。

約書沒有生氣，而是伸手從口袋裡掏出東西，然後遞給柯羅。

「伊旬那傢伙最近很囉嗦，所以把他支開會比較好……我不是真的要告誡你，我只是想給你這個。」

看著約書伸出來的手，柯羅遲疑了片刻才伸出雙手攤開掌心。

約書將一隻木雕的白色小鳥放到他的手心上。

柯羅皺起眉頭，他看著手中嬌俏可愛的木雕小鳥，一臉不解地看向約書。

「這是什麼難笑的噁心玩笑嗎？」

「不是，這是我上次回教廷時，圖麗交代我交給你的東西。」約書說。

「……圖麗？」

柯羅愣愣地看著手中的木雕小鳥。

「嗯，我交給你了，任務達成。」約書說，「接下來我會盡快查清楚是怎麼回事，向教廷證明你的清白。」

握緊手中的木雕小鳥，沉默了半晌的柯羅抬起頭來，「你確定有用嗎？他們能夠在毫無證據的情況下關押我，難道不是故意的？難道不是想趁這個機會除掉他們的眼中釘？」

約書被問得一時竟答不上話，他最後只能說：「我會確保這種事不會發生。」

「約書，拜託，算我求你了。」柯羅這輩子沒這麼求人過，「我需要去見萊特，這個時候我需要在他身邊。放了我，讓我去找萊特。」

「柯羅……」

「拜託！至少讓我確認他醒來，安全無虞，你可以之後再送我回地牢！」

看著如此低聲下氣的柯羅，約書的眼神裡只有滿滿的憐憫與無奈。

「我很抱歉，但我始終是鷹派教士，黑萊塔的總督導教士，我必須依照教廷的命令去行事。」

「約書，拜託……」

「就請你暫時忍耐一下吧？」

「我真的必須要見萊特……」

約書嘆息，最後只能不顧柯羅的哀求，轉身離開這令人眼花撩亂的女巫地牢。

柯羅則是靠著牆，無助地癱坐在地，他手中緊緊握著約書給他的木雕小鳥，嘴裡依然不斷喃喃念著：「我必須要去見萊特……」彷彿這樣就會有人帶他脫離地牢。

丹鹿和絲蘭急忙趕到天堂時，萊特已經被天堂的甘露沖上岸了，榭汀正蹲坐在他身邊，緊緊捧著他的臉頰。

「萊特！」丹鹿第一時間衝過去，看著面色慘白的萊特，他有點慌了神，手足無措。「榭汀……怎麼辦？快想辦法救他。」

「我不是已經在想辦法了嗎？」榭汀眉頭緊鎖。

丹鹿低頭一看，在榭汀的觸摸下，萊特嘴裡正不斷長出亮藍色的小花；小花發出了電光般的色澤，明亮又鮮活，在萊特的嘴裡啪滋啪滋地閃著電流。

然而很快地，花朵像是吸收了死亡氣息般迅速凋零，無論榭汀再如何努力生長出更多的新鮮花朵，都趕不過死亡的速度。

「怎麼回事？」絲蘭跟著蹲下身，伸手測探萊特的脈搏，但金髮教士的脈搏微弱得幾乎感覺不到。

「死亡接近了！死亡接近了！」

蜘蛛們在絲蘭耳邊喊著。

「我不知道，從剛剛開始天堂就一直要把萊特吐出來，那通常表示它們認為他已經瀕臨死亡了。」

「我以為天堂的甘露是萬能的！」絲蘭忍不住大吼。

「天堂確實是萬能的，但如果身體的主人逗留在地獄不肯回來，那無論是誰也救不了他！」榭汀說。

「你說萊特在地獄逗留？為什麼？」丹鹿無法理解。

「我不知道。」榭汀搖頭，「也許是遇到了熟悉的靈魂……」他看向絲蘭。

絲蘭神情凝重，他伸手握住萊特的肩膀，輕輕搖晃對方，「萊特，該回家了，你在逗留什麼呢？」

他彷彿念著咒語般，反覆不斷地輕輕呢喃著。

丹鹿看向榭汀求助，榭汀輕嘆了口氣，「或許這是我們現在唯一能做的事了。」他開始和絲蘭一樣喊著萊特的名字。

丹鹿看著臉色死白的萊特，眼眶裡淚水凝聚。他們已經失去了蘿絲瑪麗，不能再失去萊特。

「喂！萊特！你這笨蛋到底在地獄留戀什麼？不要逗留了，快點醒過來！」

丹鹿輕輕搖晃著萊特，邊哽咽邊像平常一樣訓著話，希望萊特這次也能聽進他的教訓。

「別忘了我們還在等你……柯羅也在等你！他現在很需要你的幫助，你聽到了嗎？萊特！」

然而金髮教士依舊毫無回應。

一行人跪坐在昏迷中的萊特身旁，不斷喊著他的名字，只能全心全意地祈禱著他能回來。

——萊特！

有人在遠處持續喊著他的名字，而且不只一人。

可是萊特現在沒有多餘的心力分給遠方的聲音，他緊緊抱著眼前的金髮女巫。

金髮女巫抱起來如此真實，他甚至能聞到她身上的香味，觸摸到她柔軟的頭髮。

「丹德莉恩……」萊特喊出了她的名字。

「萊特。」對方也喊出了他的名字。

「真的是妳嗎？」萊特抬起頭來，他緊緊按著女巫的肩膀，深怕她下一秒會跑掉似的。「媽？」

金髮女巫微笑著，她的面容時而模糊，時而清晰。

「不，我是地獄派來引誘你墜入的惡靈。」她邪笑著。

「呃……」

正當氣氛開始凝重起來，金髮女巫忽然抱著肚子放聲大笑，「開玩笑啦！

真是個傻孩子，這點一定是遺傳到你爸爸。」

女巫笑得連眼淚都跑出來了。

看來即使到了地獄還是會有淚水。萊特心想。

「妳差點嚇死我了。」萊特雙手扠腰。

「你現在的狀況我還能嚇死你嗎？」丹德莉恩擦掉眼角的淚水，看著萊特微笑。

「我？」萊特看著自己，一時沒意識過來女巫是什麼意思。

「你真的是個傻孩子耶，短短的時間裡居然下地獄下了兩次，你當這裡是便利商店，可以說來就來說去就去嗎？」

丹德莉恩捧住萊特的臉，像是要好好端詳他的一切，仔仔細細地看過他臉上的每個角落。

照理來說地獄是不該感覺到溫度的，但萊特卻可以感受到此刻按在兩頰上的手掌溫度。

聞著母親的香味，感受著她的體溫，他彷彿回到了最久以前，還被她抱在懷裡的那個時候。萊特從沒感到如此安心過，這一刻，在母親的身邊，似乎所有的紛擾都不見了，腦海裡只有平靜與安詳。

「萊特。」丹德莉恩的呼喚聲拉回了萊特的注意力。

「嗯？」

「專心點，不要迷失在地獄裡了。」丹德莉恩微笑，抬頭親吻萊特的鼻尖。

萊特看著丹德莉恩，眼淚不知道為什麼掉了下來。

「這次怎麼又跑下來了？我上次不是才把你拉起來了嗎？」

「我、我記不太清楚了，我們和瑞文起了衝突，我被使魔攻擊，然後……然後我就在這裡了。」

萊特不明白地看著丹德莉恩，腦袋花了點時間才想起當他上次落入自己的地獄裡時，被人從黑沙裡撈起來的片段。

「等等，那個黑影是妳……真的是妳！」萊特張大了眼睛。

「不是我還有誰呢？我的孩子還這麼年輕、這麼稚嫩，他值得去經歷更多的人生、酸甜苦辣，不該這麼早下來這裡，所以我當然要去救。」丹德莉恩微笑時有兩個梨渦。

萊特的眼淚不知為何掉個沒完，停都停不下來。是丹德莉恩幫他擦掉了眼淚。

她看著他的眼睛，「沒有使魔的男巫是不夠強大的，孩子，你有聽我的話去找我的贈禮嗎？」

「但我那時候根本還不知道我是誰。」萊特說。他那時候不知道，可是他現在很確定自己是誰了。

他是女巫和教士生下的孩子。

丹德莉恩像是知道他在想什麼，她說：「現在你知道了，你該出發去找了，孩子。」

萊特看著丹德莉恩，此刻的他遲疑了。待在母親身邊是如此安詳，如此平靜，他不確定自己是不是還需要繼續去尋找母親的贈禮。

「我一定要去嗎？」萊特問。

如果繼續待著，就沒有任何困擾了。再說，他從來沒有好好地認識過母親，好好地跟母親相處過，如果可以待在母親身邊，他們可以在一起一輩子，彌補所有過去錯失的時光……

「我不想離開，我想待在妳身邊。」他告訴母親。

「你真的是個很傻、很傻的孩子，待在我身邊的話，你那些朋友要怎麼辦？」丹德莉恩將手放到他的腦袋上，輕輕搓揉。

萊特張大眼，像忽然從夢裡驚醒，丹鹿、榭汀、絲蘭……還有柯羅臭臉噘嘴的模樣，所有人的臉瞬間像海浪侵襲一般猛然出現在他的腦海裡

「對，我還有他們……」萊特喃喃著。

「不要輕易落入地獄的陷阱，真的想來，等你七老八十了，再帶著朋友一起來吧？」丹德莉恩盯著他說。

「媽……」

萊特緊緊握住了丹德莉恩的手，丹德莉恩對他來說越來越清晰，越來越具體，丹德莉恩卻輕輕地推開了他。

「時間很短暫，你繼續待下去就真的要永遠待下去了。」

——萊特！

「聽到那群朋友在呼喚你了嗎？」

「聽到了。」萊特抬頭往上望，上面一片模糊，呼喊他的聲音卻很清楚。

「很好，等你回去之後，記得和小烏鴉說，她說很抱歉，還有她真的很愛他。」丹德莉恩推開萊特。

萊特和丹德莉恩的距離一下子越拉越遠。

「但是，媽，等等！我不知道要怎麼回去啊！」萊特喊著，母親和空蕩蕩的嬰兒床離他越來越遠，他怎麼追都追不上。

「你手裡不是已經有辦法了嗎？」

不明就裡的萊特看向自己的手，他的手裡不知何時多了一根長長的粉紅色頭髮，他抓緊了那根頭髮，發現頭髮一路連接到上方。

那隻在他落入地獄前與他交握的手，交給了他這根頭髮。

萊特握緊了髮絲，看著越離越遠的母親，他只能喊得越來越大聲：「但媽！我還是不知道叔叔……我是說爸爸的墓地在哪裡？我要上哪找？」

「上去的時候喊他的名字……」丹德莉恩的聲音越來越遠。

「媽？媽！」

「別擔心我們，也別擔心蘿絲瑪麗，我們會照顧好她……」

一眨眼的時間而已，丹德莉恩已經不見蹤影。在萊特握緊了手裡的髮絲後，他被以極快的速度向上拉起。

穿越重重黑暗，萊特被拉進了風暴之中。看著瑰麗的綠色閃電和在風暴中悠游的黑色靈魂，他明白自己被拉上了地獄邊緣。

看著成群的靈魂，萊特想起了丹德莉恩的話。

「昆廷——昆廷——」他喊著那個男人的名字。

靈魂游動，萊特繼續喊著：「昆廷——昆廷——」直到某個黑色的靈魂在風暴中脫離了軌道，並且游向萊特。

靈魂用盡了全力游向他。

「昆廷叔……」萊特不是很確定，地獄邊緣裡的靈魂看不見面容。在祂一團模糊的臉裡，他只看到了那雙藍色的眼睛。

「爸？」萊特試探地詢問。

靈魂沒有說話，和他在地獄邊緣的風暴裡打轉，聽著其他靈魂的哀鳴。

「我需要……我需要知道你的墓地在哪裡！丹德莉恩的禮物！」

聽到了丹德莉恩的名字，對方似乎才有反應。祂伸手握住他的手，那一瞬間，許多景象湧入了萊特的腦海。

一片長滿蒲公英的田野、簡陋的小房子、羔羊門鈴、一個三角形的聚魔盒、水邊、月夜下，一座挖好的墳墓……

「就是這裡嗎？」萊特張大了眼。

黑色靈魂沒有說話，依舊安靜且溫柔地凝視著他，祂將手放在他的臉上。

更多的畫面湧了進來，萊特經由祂的記憶看見了美麗的丹德莉恩、爺爺、還有非常稚嫩的瑞文，那些都是很開心的回憶。

只是很快的，萊特看見了更多片段，一臉歉意的爺爺、屍體呈現浮腫狀漂浮在湖上的爺爺，還有一個手中拿著三角形的聚魔盒、看起來和伊甸很像的男巫以及正在啜泣的達莉亞……

那些是什麼？

萊特很想問，但問不出口，黑色靈魂的情緒一股腦地湧上，滿滿的歉意，讓他哽咽得無法說話。

接著萊特經由祂的視角看見了自己——嬰兒時期的自己、幼年時期的自己、總是在很遙遠的地方，不管是哭著還是笑著的自己。

我很抱歉。

我只是想保護你……

若有似無地，萊特聽見了祂的聲音，就和祂生前的聲音一樣，溫文儒雅。

他試著伸手想抱住對方，想問更多的問題，他的存在卻吸引了越來越多靈魂過來。

祂們游到他們身邊，團團將萊特包圍住，並且紛紛向他伸長了手，觸碰他。

短短的瞬間，更多的畫面湧進來了，各式各樣的，都是這些靈魂在死亡之前所記得的最後景象。

大量跑馬燈般的記憶在萊特腦海裡轉著，無論是快樂的、驚悚的、悲傷的……各式各樣的畫面、各式各樣的人。

飄盪在地獄邊緣太久，寂寞的靈魂終於找到了宣洩的對象，所以祂們大量地湧上。

但萊特一人承受不住這麼多的記憶，就在他快因為這些畫面如潮水般湧上來而溺亡前，那個有著藍眼睛的靈魂替他驅趕開了所有的靈魂。

祂輕輕推了萊特一把，萊特便繼續被手中的髮絲往上拉離地獄邊緣。他想在最後和祂說再見，但祂卻逐漸混淆在眾多的靈魂裡，再也無法辨識。

逐漸被拉離地獄邊緣，萊特看著那群又像沒事般開始遊蕩的靈魂，他想著，母親在地獄，父親在地獄邊緣遊蕩……原來即便死亡了，母親和父親最後也沒能在一起嗎？

這真讓人感到悲傷。

萊特閉上眼，落下了幾滴眼淚，不知道過了多久，他才終於像浮到水面上，被人從身後抱住，將他拉離了地獄邊緣。

萊特。

——萊特！

喊著萊特名字的其中一個聲音越來越清晰，他張眼，倒抽了一口氣，發現自己又回到了那個一片虛無的黑暗。

只是這次不同的是，有人站在他的身邊。

「萊特！」

萊特握緊了手中的頭髮，他轉過身去，其實在看到手裡的髮絲時他就知道是誰了，只是在見到對方時他還是難掩驚喜。

「威廉！」萊特喊道。

粉色頭髮的少年站在他身後，滿臉歉意。

「我……」

威廉話還沒說完，萊特就給了他一個擁抱。

「原來那隻手是你，是你拉我起來的！是你救了我！」

威廉愣了一下，任萊特抱著。

「要不是你，我可能早就被地獄吸下去了。」萊特哈哈笑著，彷彿之前什麼事情都沒發生。「對了，你怎麼會知道我在這裡？」

威廉看著這樣的萊特，他忍不住張開雙手抱緊對方，開始哭泣。

「我很抱歉，我沒有、我沒有要傷害你或是蘿絲瑪麗的意思，這不是我的本意。」威廉泣不成聲，將萊特抱得緊緊的。

萊特微笑，溫柔地拍了拍對方的腦袋。

「好了、好了，別哭，我沒事，你不是把我救回來了嗎？」萊特說，他還有機會去見了一下老爸和老媽。

他抬頭看著頭頂上的地獄邊緣，綠光閃現，游過去的那群靈魂裡不知道有沒有昆廷。

「我知道了你被使魔攻擊的事，沒人告訴我你到底是死是活，所以我想我乾脆……」

「你乾脆自己下地獄來看看嗎？你真聰明耶，威廉。」萊特摸著威廉的腦袋，卻反而讓威廉哭得更厲害了。

「對不起，我真的很抱歉，都是我的錯……」

「不，這不是你的錯，攻擊我的人又不是你。」萊特輕聲安慰，見威廉還是哭個不停，他只好蹲下身來。「威廉，沒事，你不是救起我了嗎？」

威廉終於抬起頭來。

「我很抱歉，柯羅的事情……」

「那傢伙早就不氣了啦。」萊特擅自替柯羅做了決定，「所以這就是你離開我們的原因嗎？因為那次的事件？」

「你知道不只是這些原因而已，我……我並不屬於黑萊塔，我在裡面格格不入，我的教士不喜歡我，我的同族也痛恨我，沒人願意和我站在同一陣線。」

「我就願意啊！」萊特說。

威廉擦掉眼淚，他知道萊特所說的並無虛假。

「威廉，我不認為他們痛恨你，只是他們在表達情緒的時候都……很奇怪？」萊特覺得自己改天應該成立一個巫族專用的心靈諮商室，讓這些不擅交際又十分自我的巫族們好好對話。「總而言之，我認為這只是一場誤會，向大家解釋清楚就沒事了。」

「不，萊特，事情沒有這麼簡單……」威廉搖頭，臉頰因淚水而溼潤，「我現在已經是瑞文的同伴了，我不能……」

「那麼威廉，你認為自己在瑞文那裡，找到歸屬了嗎？」萊特問，他只是單純地詢問，語氣裡沒有諷刺或貶意。

威廉注視著萊特，他的問題讓他一時間答不上話——他真的在瑞文身上找到歸屬了嗎？

見威廉久久沒說話，萊特語重心長道：「回來吧，威廉？」

「我不行……」威廉的語氣開始動搖。

見狀，萊特正想再說些什麼，地獄邊緣卻忽然閃下了一道綠光，照亮了整個空間，刺眼得讓人張不開雙眼。

「父親……」

似男似女的聲音傳來，萊特抬起頭，巨大的使魔——伏蘿就站在威廉身後，冷漠地低頭凝望著他。

「沒有時間了。」牠對著威廉說，「他的身體已經逐漸邁向死亡。」

話音剛落，萊特腳下忽然踉蹌了一下。

「萊特！」

「怎麼回事？」萊特低頭看著自己又開始被底下黑暗吞噬的腳。

「你快死了，小鑽石。」伏蘿發出了令人毛骨悚然的笑聲。

CHAPTER 6

狩獵與追捕

最近的日子對約書來說真的是疲於奔命。

由於瑞文歸來的關係，整座靈郡都處於相當緊繃的狀態，大街小巷、新聞媒體都貼滿了瑞文的通緝令，包含他的狐群狗黨……

手裡拿著武器的約書看著被隨便貼在牆上的通緝令，其中還有威廉的臉在上面。

很難想像幾天前還在黑萊塔裡和他們鬧脾氣的孩子，現在竟然出現在通緝令上，約書忍不住想，如果那天威廉對著他們發飆的時候他有留住對方，現在事情是不是就不會往這個方向走。

「大學長？」格雷的聲音拉回了約書的注意力，「怎麼了嗎？看到可疑的人了？」

「不，沒事。」約書搖頭。

暗巷裡，成群的白衣教士正在巷弄內穿梭。

他們接獲線報，得知靈郡內最近疑似有舉辦幾起巫魔會。

從前的約書都是睜一隻眼閉一隻眼，這群流浪巫族的聚會通常只是喝個爛醉，像普通酒鬼一樣，沒造成什麼太大的影響。

只是現在的狀況不同了，不只是因為教廷開始對整座靈郡裡的流浪巫族採取更強烈的驅離和抓捕手段，更是因為最近的巫魔會發生得很頻繁。

針蠍朱諾似乎決定當家做主了，而被通緝的他們如此頻繁地集會，絕對沒有什麼好事。

「你其實可以不用跟來的，你的傷不是剛養好？」約書說。

格雷的臉還有種可笑的青色，表情僵硬，被蟾蜍毒液毒倒後，他的狀態回復得很慢。要嘛是威廉真的下了狠手，要嘛是榭汀故意不好好治療他，想給他一個教訓。

「不，這是我贖罪的機會，是我的過失才會讓我督導的男巫叛逃，我有義務要親自將他抓補。」格雷說。

約書盯著格雷，格雷本以為大學長會安慰自己，沒想到對方只是點點頭，

「也是呢，如果你當初像萊特那樣對威廉夠客氣的話，他可能就不會這樣離家出走，還反過來幫瑞文對付我們。」

「呃，可是我……」

「噓！有動靜。」約書按住格雷正要為自己辯駁的嘴。

幾隻矮小的白色巫毒娃娃從他們身邊跑過，一同跑往某個方向。

見狀，領頭的約書示意其他教士跟上，一行人小心翼翼地追在那群跑起步來很滑稽的巫毒娃娃身後。

在巫毒娃娃的帶領下，約書他們穿越過小巷，闖進了一座接近半傾毀的廢墟。只是廢墟的內裡和外觀完全不同，裡頭五光十色，巨大的假月亮高掛在天花板上。

巫魔會確實正在舉行，但同時也到了尾聲。

在約書和教士們闖入後，那些華麗的內部裝潢迅速消逝，原本有著假月亮的地方也變成了空蕩的大窟窿，可以從中看見夜空和星光。

披著黑色帽兜的流浪巫族們紛紛往外奔逃。

「別讓他們跑走，至少要抓到一個！」約書喊道，率領著其他教士開始追捕。

教士和巫族們在巷弄裡追逐著，約書覺得他們彷彿又回到了好幾百年前的情況，他們與巫族們敵對，他們獵殺著巫族。

那群四肢五短的巫毒娃娃跑得比誰都要快，它們像一群忠心耿耿的獵犬般衝在最前頭。

伊甸將巫毒娃娃交給他時，約書還不知道那些軟趴趴的娃娃究竟能做什麼，現在卻發現這群娃娃才是最有用的追捕者。

約書一行人跟著其中一批娃娃，追逐著逃跑的巫族一路來到了荒野之中。

男巫在月夜下發出了古怪的笑聲，他的帽兜被冷風吹掉，露出一頭柔順的紅髮。

「是針蠍！」格雷喊道，他舉起手上的獵槍就要朝對方射擊。

「等等……」

約書還沒來得及阻止，槍聲響起，男巫倒在地上。

巫毒娃娃們紛紛撲到男巫的身上，幾個跑在前頭的教士也紛紛撲了上去。

約書皺眉，正當他懷疑著針蠍朱諾是否真的如此好捉捕時，那些原本撲上去的巫毒娃娃們忽然從男巫的身上跳了下來，開始逃亡。

「等等，退後！退後！」意識到不對勁的約書喊道，一邊阻止格雷靠近。

結果沒幾秒後，倒地的男巫開始起火自焚，燃起了熊熊大火；來不及跑開的教士們被大火燒身，發出了哀嚎慘叫。

其他人這才趕緊上前去幫忙撲滅火勢。

巫毒娃娃們跑到約書的身後躲著，約書拍熄了跑最慢那隻背後燃燒起來的火勢，他和格雷上前查看將自己燃燒殆盡的男巫屍體，卻發現那根本不是真人。

只是一具真人大小的玩偶，而且已經被燒得泥濘。

「我們被騙了，這是個陷阱。」約書皺著眉頭，對著格雷說。

與此同時，火光在其他地方冒起。

「快去叫其他人先暫停追捕！」約書對格雷說，格雷點點頭後離開。

約書嘖了聲，看著地上焦黑的玩偶握緊了拳頭，這已經不知道是他們第幾次被耍了。他手裡的巫毒娃娃拉了拉他，並且舉起沒有指頭的手往高空比去。

約書抬起頭來，順著巫毒娃娃所指的方向看去。

幾道黑影站在廢墟的高處遙望著他們，其中一道黑影對著約書彈響了手指，布帛的撕裂聲從底下傳來。

約書往下一看，幾隻蠍子從巫毒娃娃被燒黑的背部爬出，將巫毒娃娃撕裂，並且爬到了他身上，拱著尾巴要刺他。

約書急忙甩開蠍子，而餘下的巫毒娃娃則是衝上來和蠍子扭打著，直到約書一腳幫忙踩爛了那些蠍子。

餘悸猶存，等約書再抬起頭時，那幾道黑影已消失在夜色之中。

約書再度低頭看向地面，蠍子濺在地上的血跡竟然出現了一個笑臉，就像當初他和伊甸對付那隻巨大的巫毒娃娃時出現的黑色煙霧一樣。

只是這次笑臉旁多了一句話——**我回來了，你們準備好了嗎？**

約書嘖了聲，握緊手上被撕裂的巫毒娃娃。

看來這是瑞文向教廷正式開戰的預告。

頭上的齒輪和指針已經快把柯羅逼瘋了，他躺在冰冷的大理石地板上，不斷猜測著時間到底過去了多久。

幾小時？還是幾天呢？

萊特的狀況怎麼樣了？

柯羅的腦海裡充斥著這些疑問。

四周很安靜，只有時針和齒輪在上頭喀噠喀噠作響的聲音。

蜘蛛們不再和柯羅聊天，或勸他別盯著天花板看。受到銜蛇手銬以及女巫地牢的影響，絲蘭對牠們的巫力影響已經逐漸減弱。幾隻蜘蛛變得沉默，已經開始像普通的蜘蛛一樣在角落織網。

柯羅忍不住盯著天花板看，他的視線開始扭曲模糊，整個人麻木而僵硬。

就在他的精神要迷失在天花板上的時針和齒輪之中時，他聽見了鳥叫聲。

鳥叫聲？

柯羅像從惡夢中清醒般坐起身來，一臉不解地尋找著聲音的來源。四周只有數不清的齒輪和時針，直到他將視線放到了自己的手上。

柯羅打開手心，那隻一直被他緊握在掌心的木雕小鳥竟然動了，撲跳著拍打翅膀。

有一度柯羅以為自己受到了女巫地牢的影響所以瘋了，但木雕小鳥確實變得越來越栩栩如生，牠甚至在牢籠內飛了起來，最後又停在柯羅的手指上。

柯羅看著白色的小鳥，小鳥有對和他一樣的紅色眼眸。

柯羅咬了咬下唇，一臉困惑地喊道：「圖麗？」

小鳥注視著他，沒有說話，彷彿又變成了木雕。

「我是不是真的瘋了……」

柯羅把臉埋進手臂裡，直到小鳥說了句：「柯……羅。」

他詫異地抬起頭來，小鳥正歪著腦袋看他。

「圖麗？是妳嗎？」柯羅再次確認。

小鳥在他手上跳了兩下。

「是的，是我。」

柯羅不知該作何反應，這是他們這麼多年來第一次單獨面對面說話。之前他們見面時，旁邊總是有著大主教勞倫斯。

已經不曉得多久沒和妹妹說話的柯羅盯著手中的小鳥，一時間不知所措，直到他鼓起勇氣來開口：「妳、妳好嗎？」

柯羅覺得自己的嘴很笨，但除了這個，他不知道還能說什麼。

「我很好。」

小鳥拍了兩下翅膀，沉默再度在空氣中蔓延，他們都靜默了片刻，又同時開口。

「為什麼……」

「你真的……」

柯羅安靜下來讓圖麗先說話，小鳥啄了兩下牠的羽毛後說：「我請約書把雕像交給你，是因為我想跟你聊聊……我從沒機會跟你單獨聊過天。」

柯羅靜靜聽著。

「你很陌生，我不認識你，但你明明是我的兄長。」小鳥歪著頭，紅色的眼珠裡充滿好奇。

算一算圖麗正是準備發育、充滿好奇心的年紀，會開始對她陌生的家庭成員感興趣並不意外。柯羅只是意外她會先找上自己，畢竟他們是這麼的陌生。

「對……我小時候抱過妳，妳很圓。」

又是一陣沉默。

「不、不是妳很胖的意思，而是嬰兒都很圓。」

柯羅覺得自己越說越糟，小鳥卻嘎嘎叫了兩聲，他猜那要嘛是少女的笑聲，要嘛是少女憤怒的叫聲。

嘎嘎聲停下，小鳥再度盯著柯羅看。

「我有很多問題。」小鳥歪著腦袋的模樣嬌俏可愛。

「妳可以問，我能回答的我會盡量回答妳。」柯羅好奇圖麗是否正做出和小鳥相同的動作。

「你真的……和瑞文合謀嗎？」小鳥問得直接明白，「他們都說你一直以來都是教廷的麻煩，瑞文的事情一定和你有關係。」

「不！我當然沒有！我發誓！」柯羅說。

小鳥兩顆紅紅的眼珠看著他，不知是否相信了他的說詞。

「你知道他為什麼會回來嗎？」

柯羅沉默，看著眼前的小鳥，他搖了搖頭。

「我真的不知道，也許是回來找教廷復仇的，也許是回來找我們的……」

柯羅也不斷反覆地揣測過瑞文這趟回歸究竟是想做什麼。

看向自己的肚子，柯羅心底深處最常閃過的念頭是……瑞文會不會是為了

「牠」而回來的。

為了完成當時未完成的事。

柯羅跪坐在地上，彷彿又看到了那晚的場景。

他躺在地上，身上壓著滿身是血的瑞文，身邊躺著一堆沒有頭的教士屍體。

瑞文變得不像瑞文，更像發狂後的母親，試圖要從他肚子裡將那個母親埋進去的使魔拉出來。

瑞文說他需要擁有牠才能拯救他們，但達莉亞說過……

——不行，千萬不可以交給瑞文。

地上的黑影包圍著他，將他擁進黑暗裡，瘋狂了的瑞文卻不斷想將蝕從他肚子裡挖出來。

他哭喊著瑞文的名字，但瑞文都不聽他說話。

瑞文不是以前的瑞文了。

「柯……羅？」小鳥在柯羅的手掌上跳了兩下，才把他的思緒從歷歷在目的陰影之中拉了出來。

他眨眨眼，躺在地上的自己和瘋狂的瑞文不見了。

「對不起，女巫地牢會影響我的精神狀況。」柯羅回過神來，冷汗已經流了滿臉。

小鳥沉默了片刻，只說了句：「我很抱歉。」

柯羅搖搖頭，他並不責怪圖麗。他很清楚，雖然貴為大女巫，但圖麗完全沒有任何決定權。鷹派大主教將小極鴉圖麗從小豢養起，包在懷裡呵護，同時也架空她的權力。

現在的大女巫只是大主教的傀儡而已。

雖然圖麗一直以來都表現得對他很冷漠，但比起不悅，更多的時候，柯羅對這個妹妹感到的是同情。

比起來，他至少自由多了——即便目前的狀況讓這想法看起來很諷刺。柯羅盯著眼前的牢籠。

小鳥動了動尾巴，又開始問問題：「不過瑞文是什麼樣的人呢？他和達莉亞一樣嗎？他們真的有這麼瘋狂嗎？但你看起來不像他們口中說的這麼瘋狂……」

小鳥的眼裡充滿好奇。

「不，他們不是一直都這麼瘋狂。」柯羅小心翼翼地捧著小鳥，用拇指輕輕磨蹭小鳥的羽翼。

「那麼為什麼會變成這樣呢？」小鳥問個不停，但她的聲音反而讓地牢裡惱人的齒輪轉動聲稍微變得不這麼明顯了……直到她問出：「我們也會變成那樣嗎？」

柯羅僵住。

圖麗的這個問題也是他一直深深恐懼的事。他會變成像瑞文和達莉亞那樣瘋狂嗎？他會傷害身邊的人嗎？

——就像瑞文傷害了萊特那樣。

都是你害的。

柯羅的影子又出現在牢籠的另一端，模仿著他此時挫敗的姿態，卻惡意滿滿。

「不，我們不會的……只要他能回來。」

「誰能回來？」小鳥問，她輕輕地啄了一下柯羅的手指。

「萊特……拜託把萊特帶回來。」柯羅把臉埋進手臂之間，不斷響動的齒輪聲讓焦慮再度湧上。

「柯羅？發生什麼事了？」

柯羅看著掌中的小鳥，無助和恐慌再度湧上，他的影子依然說著那些惡毒的話。

萊特？

萊特已經死掉了吧？

恭喜你，又是一個人了。

小鳥跳了兩下，她看起來想安撫臉色變得死白的柯羅，又不知道從何安撫起。

「我可以幫你什麼嗎？」

「繼續講話就好……拜託，繼續和我說話。」柯羅知道那是女巫地牢開始對他產生影響了。

惡毒的銜蛇們打造了這座牢籠，讓被關押的巫族們精神變得恐懼且疲乏，這可以讓他們在之後的審問中更輕易地逼迫巫族吐出所有祕密。

「你還好嗎？我可以……」小鳥忽然閉上了嘴，一動也不動。

「怎麼了？」柯羅問。

小鳥看起來小心翼翼，她拍拍翅膀，立直了身體。

「抱歉，有人要來了，我必須走了。」她對著柯羅說。

「等等，圖麗……」

「我很抱歉。」

「圖麗！拜託！」

小鳥為難地在柯羅的手心裡跳了兩下，她揮揮翅膀，原本箝制住柯羅的烏洛波羅斯發出了鏗鏗聲響。箝制著柯羅的銜蛇手銬不再緊得讓他手腕難受。

「這是我唯一能做的事情了，謝謝你回答我的問……」話還沒說完，小鳥就恢復成了原本毫無生氣的木雕。

柯羅緊握著手裡的小鳥木雕，沒了圖麗的聲音，天花板上的齒輪聲、時針轉動的聲音還有銅蛇爬行的聲音開始大量湧進他的耳朵。

柯羅想遮住自己的耳朵，雙手卻被烏洛波羅斯困住，他只能將自己蜷縮起來，但沒能阻擋多少聲音。

他的影子分裂成許多個，排排圍成一圈，低頭看著狼狽的他，一人一語。

他流了很多血。

你害的，是你。

為什麼你就是不聽話呢？

這都是你的錯，你的。

「不、不——閉嘴！閉嘴！」

柯羅毫無躲藏的地方，也沒有圖麗在旁邊讓他分心，他只能無助地跪趴在地上。

再不想辦法，他的精神會像被丟進熱紅茶裡的方糖一樣迅速溶解。

萊特蒼白的臉孔和自己滿手血水的畫面不斷在腦海中閃現，柯羅只能尖叫著：「閉嘴！」

直到牢籠外傳來了敲擊的聲響。

「你才閉嘴。」

隱隱約約地，柯羅聽見了其他人的聲音。他滿臉淚痕地抬起頭，一臉困惑，「是誰在那裡？」

「還有誰啊？你們這群愚蠢、魯莽、衝動、扯人後腿又不知道分寸的混蛋。」那人不斷抱怨著，無奈又不悅。

柯羅頓了頓，他問：「賽勒？」

那頭的聲音久久沒有回應，直到柯羅又喊了一次，對方才懶懶地說道：「你吵死了！安靜下來。」

柯羅愣愣地聽著賽勒的聲音在女巫地牢裡迴盪，原來對方真的也在這裡。

房門被敲響。

躺在床上的圖麗猛地睜開眼來，她迅速坐起身，轉身就將手裡的木雕小鳥藏進枕頭裡，並且假裝剛睡醒的模樣揉著雙眼。

女傭走了進來，擔心地將手背放在她的額頭上，「還好嗎？還有沒有哪裡不舒服？」

「沒事，睡一覺之後我好多了，謝謝關心。」圖麗說。她不喜歡說謊，但如果不假裝不舒服，她通常沒有一個人獨處的時間……

「那就好，我們起床著衣吧？大主教要見妳，待會要替妳檢查身體。」女傭帶來了純白色的小禮服，圖麗沒見過其他顏色的禮服。

「檢查身體嗎？但我沒事，只是小感冒……」

「就算是小感冒也還是讓那個男巫檢查一下比較保險，別擔心，大主教會陪著妳的。」女傭微笑著打斷圖麗。

圖麗頓了頓，又問：「是藍髮的男巫嗎？」

女傭則是搖了搖頭，將床上的少女扶下來，卻在少女的腳剛踏到地面時整個人頓了一下。

圖麗不解地看著女傭，視線順著對方往下望去，才知道是發生了什麼事。她白色的睡衣裙上沾染著斑斑血跡，腿間有股熱流。

女傭沒有多說什麼，只是笑了笑，輕輕撫摸著少女的頭髮。

「妳長大了呢，真是好事。」

她來初潮了。

圖麗緊緊抓著裙襬，她不確定這是不是件好事。初潮的來臨表示她夠成熟了，她是正式的大女巫了，她的子宮將能容納更多更多的使魔供她使用……或是供教廷使用。

但這真的是好事嗎？

圖麗腦袋一片空白，直到她的下腹開始疼痛。

「我們去沐浴一下，然後換個衣服好嗎？其他的事我會教妳，另外還要和大主教報告這件事……」

「不，先不要。」圖麗抓住了女傭的手，在女傭不解地看向她時，她解釋道：「讓我自己說，可以嗎？」

女傭看著她半晌，沒有多做質疑，只是點了點頭說道：「當然好。」

圖麗暗自鬆了口氣，她看了眼被她好好藏在枕頭下的烏鴉木雕的方向，乖乖地跟在女傭身後去淨身沐浴了。

她不是很習慣長大的感覺，也不舒服，但她想她能撐過去的……如果柯羅能夠在沒有家人陪伴的情況下度過難受的成長期，那她也可以。

雖然她似乎有一半的機率會變得像母親和瑞文那樣。

圖麗接受了沐浴、更衣，讓女傭替她梳頭、替她處理初潮的痕跡。她盡量不去想這些事情。

然而當她穿戴整齊，再度來到幾乎二十四小時都待在身邊看顧著她的勞倫斯面前時，她還是會不斷地想……如果她變得像母親那樣，這個像父親一樣的人會怎麼對待自己呢？

尤其是當她看到勞倫斯身邊站著那個眼睛像蛇一樣毫無情感的銜蛇男巫時……

「大女巫。」伊甸對著圖麗頷首，笑容毫無感情。

「伊甸。」圖麗也頷首，試著遮掩自己的緊張。

「身體好了嗎？我讓伊甸過來幫妳檢查身體。」勞倫斯微笑，親暱地牽起圖麗的手。

「我沒事。」

圖麗試著反抗，但徒勞無功。

「還是檢查一下比較安心。」勞倫斯說，他的手牢牢握著她的手，圖麗可以感覺到自己的手心在出汗。

勞倫斯將圖麗牽向伊甸時，伊甸的眼珠在光線下閃呀閃的，如同寶石般。

圖麗知道自己逃不過這關，蛇從遠方就能聞到血水味。

他們終究會知道她已經夠成熟了。

CHAPTER 7

短髮

剛結束一場巫魔會的朱諾走在街道上，隨手抽走了路邊書報攤上販賣的報紙，後方的報攤主人追罵著要討錢他也不理睬。

踩著他的高跟鞋，朱諾只是一邊讀著報紙一邊向前走，嘴裡不斷碎念著：「把我拍得醜死了。」

「喂！付錢……」

報攤老闆正要追上朱諾，他的書報攤卻忽然發出爆炸聲，一陣強烈的熱風襲來，隨後又燃起熊熊火焰。

報攤老闆目瞪口呆，因為那些穿著老舊西裝、平時藏身於暗巷占卜的流浪男巫們，此時正光明正大地站在街邊對著他的書報攤施展邪惡的巫術。

綠色火焰高高地在天空閃燃成古怪的骷髏頭狀後，他的書報攤付之一炬，瞬間灰飛煙滅，只留了滿地雜誌裡通緝和八卦有關於「血鴉瑞文」這名男巫的頁面。

人們尖叫著，教士和警察們則是舉著獵槍紛紛趕到，從四面八方湧上。

一顆子彈從朱諾臉側劃過，截斷了他的幾根長髮，打在一旁的鐵柱上發出了響亮的聲音。

朱諾不滿地轉過頭去，惡狠狠地瞪著朝他開槍的教士，他輕輕一個響指，紅色的毒蠍便布滿教士的身體，無情地用毒針猛刺著他。

「快跑吧！兄弟們，別被那些歹毒的老鷹和獅子們抓到了！」朱諾吹了聲口哨，那些聚集在路邊的流浪巫族們立刻四處奔散。

教士們隨即分散追擊獵捕那些巫族，街上一片混亂，還有因為毒蠍而尖叫著四處奔逃的路人們。

唯獨朱諾神色自若地在街上快步走起，直到他身邊的景色開始不斷變化，追捕著他的教士逐漸趕不上他，而被丟在荒郊野外為止。

朱諾順利地回到他和瑞文藏身的豪宅之內。

「你要不要看看你現在有多出名？」朱諾隨手就將報紙丟到了桌上。

正坐在沙發上和亞森交待事情的瑞文只是瞄了一眼，但其實就算完全不看內容，也能知道報紙究竟都說了些什麼。

不外乎是捏造他們這伙人有多窮凶惡極，而教廷是如何戒慎恐懼地準備獵捕他們，要靈郡的市民不要擔心，繼續保有堅定的信仰，一切都會沒事的……

但誰會相信呢？

對整座靈郡來說，血鴉瑞文回歸的恐懼一天比一天還要讓他們心驚膽顫，而這正是瑞文想要的結果。

「巫魔會舉行得還順利嗎？」看著正在整理一頭紅色長髮的朱諾，瑞文問。

「當然，你也不看看這次巫魔會的主人是誰。」朱諾說。沒了他那對巫魔會正經八百的兄弟，一切都變得很順利，流浪男巫也變得很好挑動。

不知道他那兄弟沒了他現在過得如何？朱諾很好奇。

「一直被教廷和那些靈郡的蠢蛋打壓的巫族們早就不滿很久了，我問他們想不想和你一起製造一點混亂的時候，他們一口就答應了。」朱諾玩著自己的頭髮，「看來上次某人嫁禍某人、殺了占卜街的胡倫的事情奏效了，他們對教廷相當憤怒呢。」

電視上播放的新聞正好插進了快訊，靈郡各地發生的巫族動亂和教士傷亡都在底下的跑馬燈不斷滾動，而他們幾個人的照片就像黏在電視上一樣，一直出現在畫面中。

「看來我們派出一小批的人馬，就能讓這些教士疲於奔命了。」瑞文支著臉，遊刃有餘地微笑著。

「為什麼威廉看起來就這麼上相？」這是朱諾唯一在意的事，他轉頭看了看四周，「是說威廉呢？還在鬧脾氣嗎？都已經多久沒看到他了……」

瑞文看向亞森，用眼神詢問他。

亞森看上去也很無奈，他聳了聳肩，「他把自己關在房間裡都不出來。」

「試試看勸他出來好嗎？」瑞文說，他起身看著亞森，「我認為我們應該進行下一步了，接下來會需要威廉的力量。」

「你準備把她拉上來了嗎？」亞森問。

「這麼刺激啊？」朱諾吹著口哨。

瑞文沒多表示什麼，只是嘴角掛著淺淺的微笑，卻沒有笑意。

「不過威廉真是個掃興鬼，難怪黑萊塔那群人不要他了。」朱諾癱坐在沙發裡說著風涼話，一邊替自己的長髮編辮子。

「別這麼說。」瑞文輕聲斥責，卻沒多在意。他揉了揉亞森的腦袋，「去哄哄威廉吧，亞森，我不希望我們到時候需要用強制的手段。」

「對，用你的魅力去蠱惑那小子吧，讓他不要再想那個金髮教士了。」朱諾哈哈大笑。

亞森瞪了朱諾一眼，沒好氣地對著他翻白眼，卻只得到朱諾的秋波。

「我明白了。」亞森嘆息，瑞文說的話他一定會做到。「我會盡力的，我現在先去看看威廉在做什麼。」

威廉正緊緊抓著萊特的雙臂，試著把他從黑暗中拉起。

「我快死了是什麼意思？」萊特緊張地扒在威廉身上，讓嬌小的少年撐著自己。

「你在地獄裡待太久了，你的身體也開始接近死亡了。」威廉說。

「我要死掉了嗎？可是、可是我還有好多事情沒跟柯羅說，我和鹿學長借的唱片也還沒還他，還有、還有我偷吃了大學長的冰淇淋的事……」

「沒事，冷靜點……」威廉拍了拍萊特的背，讓對方安靜下來。「這也是我為什麼會下來找你的原因，聽好，如果我還能這麼輕易地撈到你的靈魂，代表你現在還沒完全死亡。」

「意思是……我還沒死透透？」

「對，所以我們要盡快把你送回去。」

「你可以辦到嗎？」萊特抬起頭來，一臉擔心地看著威廉。因為那隻向來對自己父親不懷好意的使魔正在他們頭頂上悠游，露出了讓人毛骨悚然的笑容。「不要勉強自己，威廉。」

「不送你上去，你會死掉的。」威廉看著萊特，忍不住發出輕笑聲。這個人怎麼到這種時候了還在擔心別人呢？

「但是……」

「不用擔心我，相信我，我可以承受。」威廉推開了身上的萊特，將手輕輕按在他胸口上。「你必須回去了，萊特，你必須活著。」

「威廉……」

威廉將萊特手中緊握著的粉紅色髮絲拿了回來，並且往他腦袋上拔了根頭髮，塞進去萊特的手裡。

「跟著你自己的靈魂，髮絲會為你指路，祝福你順利找回軀殼。」威廉握緊萊特的雙手，輕輕在上面落下一吻。

萊特握著自己的髮絲，他看著威廉，急切地問著：「但你怎麼辦？你現在人在哪裡？安全嗎？我們要怎麼找……」

「伏蘿會將你帶上去，讓你的靈魂回歸到你的身體裡。」威廉打斷了萊特的詢問，「聽好，上去之後緊閉你的雙眼，千萬不要放開手中的髮絲；如果迷失方向，就拉拉髮絲，尋著喊你名字的聲音前進，試著大口呼吸，直到你真的能呼吸為止，明白嗎？」

「明白，可是……」

「好了，該走了，小鑽石。」萊特可以感覺到伏蘿冰冷又溼漉漉的氣息貼在自己背後，讓人毛骨悚然。「另外，父親，記得你答應我的承諾。」牠又對著威廉說。

威廉點了點頭，情緒平靜地看著伏蘿伸出那布滿鱗片的手，用抓小貓般的方式將萊特抓了起來，並且向上方游去。

萊特連說再見都來不及，他覺得自己像顆逐漸飄離威廉身邊的氣球，而威廉則是像個丟失了氣球的孩子，一臉落寞。

「威廉！」萊特對著底下的威廉大喊。

威廉抬起頭來看向萊特，一臉困惑，萊特則是繼續對著他喊：「威廉你自己也要小心點喔！乖乖等我們，不管你在哪裡，我和柯羅一定會去找你，帶你回來的！」

「萊特……」

「我和你保證！答應我，要等我們……」萊特話還沒說完就被伏蘿舉起來，一把往上丟了出去。

彷彿打水漂般，萊特就像顆小石頭一樣飛出，還擦過幾次地獄邊緣的表面，掀起了陣陣漣漪，然後一路消失在地獄邊緣之外。

即便離開的方式滑稽到讓人發笑，威廉卻還是忍不住遮住臉，眼淚不斷地落出眼眶。

威廉跪在地上，淚水怎麼樣都止不住。他想趴下來大哭、宣洩情緒，這時一聲蛙鳴卻在他耳邊響起，提醒他沒有多餘的時間傷心了。

為了打撈萊特靈魂時不受干擾，也為了不讓瑞文發現，威廉在進入地獄前請了信使顧門；如果信使發現有人即將到來，就會出聲提醒他。

「父親……有人來了。」完成任務的伏蘿似乎也發現了這件事，牠從上方緩慢落下，漂浮在威廉的面前。

「我知道。」雖然靈魂在地獄，但威廉的身體可以感覺到不斷有溼冷的東西踏上自己的大腿。

「但在你離開之前，記得你答應我的事情。」

「我沒忘記。」

「那你想要奉獻出什麼呢？父親。」

威廉沉默片刻，他注視著伏蘿，使魔的視線在他身上上下打量。

「你想要美麗的東西對吧？我願意奉獻出這個……」威廉伸手撫摸過自己柔順光滑的粉紅色長髮。

伏蘿笑著的嘴越咧越大。

「你確定？這是你最自豪的長髮不是嗎？」伏蘿在一瞬間將臉湊到了威廉面前，鼻尖幾乎碰上鼻尖，威廉都可以聞到使魔口裡那腥冷的味道。

「我確定。」威廉的態度很堅定。

這是他拯救萊特的代價，他願意付出。

「非常好。」使魔發出了笑聲，地獄邊緣因為牠的笑聲而震動。

牠伸出手，一把扯住父親的長髮。

「美麗的頭髮、美麗的頭髮，現在都是我的，都是我的了……」伏蘿咯咯地笑著，一圈又一圈捲著威廉的髮絲。

威廉原先柔順的粉紅色長髮逐漸變得乾黃枯燥，而伏蘿的綠色髮絲卻逐漸變得豐美、變得柔和，淺淺的粉色取代了原本溼冷的綠色。

「你得到你的美酒與佳餚了，現在，回到你的巢穴去吧！」威廉大喊著。

在伏蘿震耳欲聾的駭人笑聲之下，威廉站起身的同時，意識也從地獄邊緣裡回到了現實。

威廉張開眼，看著自己的大腿上已經跳滿了一堆的蟾蜍，而他立在身旁的一圈蠟燭也都熄滅了。

幽暗的房門外不停地發出敲門聲，亞森就在門外喊著：「威廉？威廉你在裡面嗎？」

威廉還來不及回應，燒焦的氣味便從他身上傳了上來；他低頭看向自己的髮尾，他的頭髮竟然正在燒焦，像剛燃起星火的木材，這讓他的頭皮發熱刺痛。

威廉立刻起身，他抽起放置在一旁的拆信刀，抓著自己燒焦的髮絲，用力割斷了大部分的長髮。

「威廉！」似乎是察覺到有什麼不對勁，亞森開始撞門，化身為巨大棕熊的他很快就將原本緊封的門扉打爛了。

蟾蜍們四處奔逃，只剩威廉一個人站在原地。

亞森闖進房間內，變回人形的他立刻將燈打開，恢復明亮後卻只看見威廉手裡抓著拆信刀和自己的頭髮。

亞森震驚地看著威廉，因為威廉割斷了自己那頭漂亮到令人欣羨的粉紅色長髮，他的頭髮變得短而枯黃，又呈現一種古怪的綠色。原本粉紅色的長髮在他手裡，燒焦碎裂成雜亂的灰燼。

「威廉，你都做了些什麼……」

亞森端詳著室內的一片凌亂，視線最後又回到威廉的臉上，他的眼神帶著些責難又帶著憐憫。

威廉沒有回話，撫摸過自己變短、變得乾燥又粗糙的頭髮，他並不後悔這一切。

「啊、啊、啊！」

萊特不知道靈魂也會感到疼痛，伏蘿一把他丟出去之後，他就像一顆在風暴裡捲著的小石頭，風中凌亂。

擦過地獄邊緣時，他的臉就像被壓在柏油路上磨擦一樣疼痛。

有一度，萊特因為混亂而失去了方向，不清楚自己身在何方，不過他記起了威廉告訴他的話。

——拉緊手上的頭髮！

萊特抓緊了手中自己的髮絲，終於，他穩住了方向。他的頭髮像條堅韌的繩索，牢牢地將他拉住。

一條若隱若現的白色絲線順著他的髮絲牽連到他手中，萊特順著那方向往上望去。上方終於不再是一片黑暗，而像清晨般逐漸變換成一股接近幽藍的白色。

萊特緊緊攀在那條絲線上，怎麼樣也不敢鬆手，而就在這時——

萊特！

你這笨蛋，快醒醒！不要隨便就死掉了！

就如同威廉所說的，萊特也聽到了呼喊他的那些熟悉聲音，雖然對方正在討論著……

看來只能揍他幾拳了。

揍死他的話你要用什麼賠？

我現在是要把他揍活，搞清楚狀況。

「鹿學長！榭汀！絲蘭先生！」萊特興奮地喊著，不過無人回應，他們只是繼續討論著要把萊特揍活這件事。

萊特只好努力地拉著自己的髮絲，順著聲音向上爬去，直到聲音越來越近，他整個人也被籠罩在一片白光之內。

白光刺眼得讓萊特不得不緊閉著雙眼，他的身體開始出現麻木的感覺，胸口和背部都忽然出現一股強烈的劇痛。

萊特的嘴裡也是，有一股電流般的刺痛不斷刺激著他的口腔內壁和舌頭，疼得他直皺眉。

威廉說，上去之後要大口呼吸，直到真的能吸到空氣為止。於是萊特照做了，他嘗試著刻意且用力地大口呼吸，直到一股冷風灌進他的鼻腔和肺部……萊特都沒注意到原來自己沒在呼吸很久了。

空氣一灌進肺部，萊特也醒了。他張開眼，看見丹鹿趴在他胸口哭得死去活來，鼻水都黏在他身上了；絲蘭別著頭，一臉凝重地不願意看他；而榭汀則是正掄著拳頭要往他臉上揍下去。

萊特嚇得趕緊彈起來用雙手擋住臉。

「萊特！」丹鹿驚訝地大叫。

絲蘭轉過頭來，看到彈起來的萊特時他整個人都鬆了口氣，還在一瞬間變回了小朋友的姿態。

原本整個人坐在他身上，高高揚起拳頭的榭汀也停住了動作。

萊特張嘴正要說話，口腔裡卻持續傳來一陣一陣的刺痛，逼得他不得不推開榭汀坐起身來，然後把嘴裡的東西全吐出去。

長著許多觸角般花蕊的亮藍色小花全被萊特吐了出來，隱約還能看見那些沾著些許唾液的花朵依然在不斷放電。

萊特抹著嘴巴，口齒不清一臉驚奇地問道：「神聖的大女巫啊！這是什麼東西？」

「能夠刺激你的神經、讓你醒來的還魂草。」榭汀默默解釋著，他不斷翻看著萊特的眼皮確認對方沒事。

血色在萊特原先蒼白的臉孔上逐漸浮現，他本人卻還一副搞不清楚狀況的模樣，抱著肚子該該叫：「我的胃好痛！我是不是不小心吞進了幾根草？我拉出來的話也會這樣……」

噁心的話題還沒講完，丹鹿就一拳揍到萊特手臂上。

「鹿學長！很痛……」

萊特沒來得及抱怨完，上一秒揍了他一拳的丹鹿，下一秒就抱了上來，力道之緊讓萊特差點又要直接下地獄去。

「你這白痴！到底想嚇死誰啊？你要是出事了我都不知道要怎樣跟我爸媽交代！」丹鹿哽咽地抱著萊特大哭個不停。

「我沒事啦！我這不是好好的嗎？」萊特拍了拍丹鹿的背。

「你幾分鐘前可是真的跟死人沒兩樣，我們都準備要去替你安排塔位了……」榭汀沒好氣地看著萊特，卻難得露出了笑容。

「放心啦，我運氣很好的，真正要用到塔位可能得再等個八十年吧？我有自信能活到一百歲，畢竟我吃得很健康，也很常運動，還不菸不……」

「閉嘴。」榭汀對萊特的耐心一下子就用完了。

在確認萊特真的沒有問題之後，榭汀才從他身上下來，並且一臉嫌惡地隨手抓了塊布往他身上披，萊特這才發現自己正裸著身體。

「你在底下也待太久了，是玩到樂不思蜀了嗎？」

取代榭汀，跑來碎碎念的是此刻變成男孩大小的絲蘭，他很不客氣地用手杖抵著萊特的腦袋。

萊特被手杖戳得低下頭來，忽然注意到自己胸口出現了從肩膀一路延伸到腹部的傷疤；疤痕的痂已經脫落，但依然留下了明顯的傷痕。

看著這麼大的傷疤，萊特只慶幸還好自己沒有肚破腸流，不然可能就真的回不來了，雖然這樣他也能跟母親在一起了……

「不是啦，我只是……」萊特垂下眼眸，似乎還在回想著地獄裡的情景，「我只是見到了一些人。」

「你見到了……誰？」絲蘭問。

「我該見的人。」萊特抬頭看向絲蘭，話說得很隱諱。

絲蘭收起手杖，沒有說話。

「誰？」丹鹿問。

萊特沒有正面回答，只是對著丹鹿說：「我也有見到蘿絲瑪麗奶奶喔。」

丹鹿垂下眼，臉色一下子哀傷起來，似乎不知道該說什麼。

萊特跟著輕聲嘆息，安慰道：「別擔心，雖然奶奶在地獄裡看起來還不太習慣，不過她們答應過我會照顧她的。」

「她們是誰？」

丹鹿還是一頭霧水，正打算繼續追問，萊特卻忽然像被雷打到一樣彈起來。

「對了，柯羅去哪裡了？怎麼沒看到他？」他四處張望，卻遍尋不著柯羅的身影，只能像隻被主人拋棄的可憐小狗，眨著水汪汪的大眼望向所有人，然後拿出八點檔女主角的演技，「難不成他、他不愛我了嗎？」

原本萊特以為這個玩笑一問出口會受到眾人吐槽，沒想到所有人的表情都在一瞬間凝結了。

「怎麼了？發生什麼事了？」萊特有股不好的預感，「柯羅真的不愛我了？」

丹鹿搖了搖頭，一臉為難，「不、不是，只是柯羅他現在……」

絲蘭說：「人正在教廷之下的女巫地牢裡。」

「賽勒？」

「幹嘛？」

被影子圍成一圈的柯羅緊貼在牢房的牆上，試著聽清楚對方說話的聲音。

「你真的在這裡……」他再三確認。

「你在說什麼廢話啊？」

柯羅幾乎可以聽見賽勒翻白眼的聲音。

「你在這裡多久了？」

「不知道，大概三天或一個禮拜。你比我晚來，你不是應該更清楚狀況嗎？」賽勒的語氣很平靜，卻顯得相當不耐煩，飽含著怒意。

「我、我不記得你是什麼時候被帶走的……」柯羅靠牆坐著，一臉茫然。在女巫地牢裡，他已經開始失去了時間感。

「當然，因為你那時候正忙著為失去你的教士而崩潰。」說到這個賽勒就來氣。

在進行分靈手術後，他被短暫地困在夢境一段時間，等意識好不容易回到現實，身體卻因為剛被朱諾抽走了使魔和大量的巫力，一時間陷入癱瘓，完全無法動彈，最後只能任憑那個可惡的眼鏡仔男巫擺布，還全程裸體。

身為前任針蠍、巫魔會的舉辦者，賽勒從未被如此羞辱過。

「我沒有失去他！」柯羅大吼。

「隨便啦，到現在還在崩潰啊？你不煩我都嫌煩了。」

賽勒嘆息，他並不懂柯羅的苦處，現在這些事情對他來說也已經沒有任何意義了。

「萊特沒事的……他沒事。」柯羅將臉埋進手臂，牢籠裡的影子忽長忽短，將他壓迫得無法呼吸。那些雜亂的指責聲再度湧上，逼得他不得不大喊：「閉嘴！閉嘴！」

聽著柯羅痛苦的喊叫聲，賽勒那頭靜默了幾秒，才嘆了好大一口氣，「我一定是瘋了才會這麼做，都已經被你們搞到失去了使魔、大部分的巫力還有最漂亮的西裝，現在還要費力氣幫你們餵奶和擦屁股……」他不停碎碎念著。

柯羅聽見賽勒起身的聲音，還有鎖鍊移動的聲音響起。

賽勒似乎還被鎖鍊鍊了起來。

「聽好，柯羅，集中精神，別被牆上和天花板上那些毒蛇影響了，你聽到的都是它們的聲音。」賽勒用東西敲擊著地板，發出金屬鏗鏘的聲響。「聆聽別的雜音，看著自己的雙手、雙腳，或什麼都可以，就是別看著地牢內的其他東西。」

柯羅依循著賽勒的話，他聆聽著賽勒製造出的雜音，凝視著手中的小鳥木雕。

就如同賽勒所說的，當他轉移了注意力，那些原本圍繞著他、不停斥責他的聲音才逐漸消褪，轉變成毒蛇吐著蛇信時的嘶嘶聲響。

直到這時，柯羅才發現地牢裡一直製造出幻覺的可能是那些鋪天蓋地的銅蛇——伊甸的爪牙們。

「別被地牢裡的毒蛇們騙了，不然你很快就會發瘋。」賽勒說，「畢竟它們的祖先可是引誘亞當和夏娃偷嘗禁果的壞東西，主人還是那個蛇蠍心腸的毒蛇伊甸。」

柯羅稍微緩了口氣，有好長的一段時間，他只是專心地聆聽著賽勒發出雜音和抱怨，直到他終於產生了好奇心。他問：「為什麼幫我？」

原本正在大肆抱怨著自己裸體這件事的賽勒頓了頓，才嘆息道：「不知道，也許因為我可能快死了吧？看看死前能不能多做點善事，讓我內心的愧疚少一點，下地獄才不用受到太多折磨。」

「你這人心中有愧疚嗎？」柯羅反問。

賽勒發出了哈哈兩聲假笑。

「別擔心，你們針對像蟑螂一樣難纏，沒這麼快死。」柯羅換了個姿勢側躺在地上。

看著密密麻麻地爬滿銅蛇的牢籠，他不斷想著還生死未卜的萊特。

不知道萊特的狀況，還和賽勒一起被關在地牢裡互相安慰……事情究竟為什麼會演變成這樣？

賽勒不太高興地說：「你是忘記發生了什麼事嗎？朱諾從我身上奪走了使魔，我的巫力也逐漸流向他，很快我的巫力就會被榨乾，變得像普通人。」

「變成普通人或許還好一點。」如果他們是普通人的話，也許就不會遭受到這些迫害了。

「現在這種狀況是能好到哪裡去？搞清楚狀況，柯羅。要知道，從古至今，只要被關進女巫地牢的巫族，是沒有人能順利逃脫的。」賽勒說，「無論我們有多無辜，我們都將被審判，被用火燒死。」

賽勒停止了敲擊，嗓音變得低沉而負面。

蛇信的聲音又開始嘶嘶作響，越來越像人聲。

「我相信萊特他們會想辦法救我們出去。」柯羅把自己蜷縮起來，他現在只能相信這件事。

如果萊特醒來，一定會想盡辦法救他出去。

可惜賽勒是個悲觀主義者，「你想得真美，別忘了他只是個區區的督導教士，身上還藏著那些骯髒的小祕密……就算他真的沒死好了，可能也是自身難保的狀態。」

柯羅沉默，小鳥木雕被他捏得太緊，翅膀斷裂開來。

「你真的認為他會為了救你，冒上跟我們一樣與整個教廷作對的風險？」賽勒質疑，他從不相信這些教士。

柯羅沒有說話，並不是同意賽勒的說法；相反的，他很確信，就算要冒著被同袍追殺的風險，萊特也會不顧一切地來救他。

這就是萊特。

「你們真是一群天真的傻……」賽勒忽然噤聲。

「怎麼了？」柯羅抬頭，他注意到天花板上的銅蛇開始紛紛垂落，抬起頭來注視著某個方向。

「噓……毒蛇要來了。」賽勒的聲音漸弱。

「賽勒？」

柯羅的聲音也在地牢裡的腳步聲出現時停止，他看到牢房外逐漸接近的黑影，把自己縮到角落去。

橘金長髮的男巫踩著流暢的步伐走向柯羅的牢籠。

柯羅抬頭看向對方，皺緊眉頭：「伊甸。」

「嗨，柯羅。」伊甸微笑著打了聲招呼，蛇瞳在黑暗裡閃爍。

「我猜你來不是要告訴我好消息的吧？」柯羅警戒地四處張望，約書並沒有跟過來。

伊甸獨自站在柯羅面前，他微笑著說：「我來是想問你一些問題，你心裡藏著一些有關萊特．蕭伍德的小祕密，是不是？」

柯羅張大眼，冷汗浸溼了全身，他看著銅蛇們讓開位置，讓伊甸進入牢房內。

伊甸雙手交握，依然是那副溫文儒雅的模樣。

「把實情全部告訴我吧，柯羅，如果你不想上異端審判庭的話。」

CHAPTER 8

蛇刑

萊特重新穿上了他的教士袍，喝著榭汀遞過來的熱茶。

死而復生後，他的肌膚重新感覺到了溫暖，也真正地呼吸到了新鮮的空氣，身體也不再隨時隨地都要崩壞溶解到黑暗裡。

但是，萊特總感覺渾身不對勁。

「柯……」萊特轉頭，身邊沒有人。

自從蘿絲瑪麗的占卜結果將他們綁在一起後，萊特和柯羅就不曾分開這麼久的時間過，已經習慣柯羅隨時隨地都在身邊的萊特一時很不適應。

萊特搖搖頭，看向仍然一臉擔心地望著他的榭汀和絲蘭。

「我們明明都知道他和瑞文沒有聯繫，我和他會追出去也是為了想追捕瑞文……把他關押起來真的很不合理。」萊特低垂著腦袋，他明知在這裡替柯羅解釋根本沒有用處，可他就是忍不住替柯羅抱屈。

「誰都知道不合理，但你要知道，在你到來之前柯羅可是鬧出了不少問題，教廷一直都覺得他是個麻煩。」絲蘭說，「要不是因為約書一直在擋，他們也苦於找不到一個合理的藉口，不然他不會現在才被抓進女巫地牢。」

「瑞文的回歸剛好給了他們一個很好的理由，就算反叛的人其實是威廉。」榭汀說。

他們所有人都心知肚明這次的抓捕只是個藉口，一定有人在其中搞鬼。

提到威廉，萊特忍不住替他解釋，「威廉他……其實也只是一時做了傻事，我在地獄裡的時候，是他替我把靈魂拉回來的。」

「威廉？是他把你撈上來的？」絲蘭皺起眉頭，他不知道威廉什麼時候有這樣的能力了，打撈靈魂會讓他付出相當大的代價，他希望那孩子有想清楚這麼做的後果。

萊特點點頭，「我在下面的時候還答應過威廉，等我上來之後一定會去找他，把他帶回來。」

榭汀卻搖頭，「你先別說帶回威廉了，柯羅能不能都帶回來都還是未知數。」

語畢，一行人紛紛轉頭望向正站在門口和幾個鷹派教士斡旋的丹鹿。

在地獄徘徊讓萊特完全失去了時間感，感覺過了很久，又感覺只是一眨眼的事，他沒料到一醒來已經是幾天後了。而在這短短的幾天裡，整座靈郡和黑萊塔的一切都變了調。

教廷對巫族的警戒來到了前所未有的高峰，不只對瑞文一行人下達了全面的獵捕令，還讓教士們在外掃蕩那些無辜的流浪巫族。

至於待在黑萊塔的他們……

萊特瞄了眼窗外，越來越多的鷹派教士聚集在外頭，明顯就是教廷特地派來監督他們的人馬。

連唯一可以求救的大學長都被教廷刻意派去外勤，和自願參加女巫獵捕的格雷一起在外進行清掃流浪巫族的任務。

「情況對我們很不妙，對柯羅也是。」絲蘭說。

「這樣下去的話，柯羅還有任何被釋放的可能嗎？我們能做什麼嗎？」萊特問。

男巫們卻搖搖頭，異口同聲道：「恐怕做什麼都沒用。」

「他們根本沒打算釋放柯羅。」榭汀說，「按照教廷的習慣，他們可能會等追捕到瑞文後，對他們兄弟倆一起進行異端審判。」

絲蘭點頭同意，「教廷向來很會算計巫族，這種陰險的小伎倆以前也發生過許多次，可以一次除掉兩個心頭大患的機會，他們絕對不會放過。」

即便簽訂了白鴉協約、受到了保障，在反女巫著名的鷹派上任後，巫族們就從沒有真正感到安全的一天。

而除了柯羅可能不會被釋放這點令人擔心之外，還有另外一件事情更讓絲蘭掛心。

「另外，如果教廷懷疑柯羅和瑞文還有聯繫，可能會為了逼他供出瑞文的下落對他進行拷問。」絲蘭說，「先關押到女巫地牢，摧毀心智，進行拷問，逼迫巫族崩潰，這是典型的教廷做法。」

「摧毀心智？」萊特不解。

「銜蛇男巫們所打造的女巫地牢對巫族的心智有著不好的影響，會造成巫族們精神錯亂，能讓他們輕鬆地拷問出巫族的祕密。」絲蘭說。

萊特一臉震驚。他聽說過女巫地牢，但他以為那只是普通的地牢，從不知道是用來摧毀受關押的巫族心智用的。

一堆骯髒的小祕密不斷在萊特面前被揭露，直到這時，他才真正地感受到，自己以前在神學院教科書上所學到的那些道理，不過都是包裝在毒藥外層的糖霜而已。

他們明明答應過要和巫族和平共處，會保障巫族的一切權益；但即便白紙黑字地簽署了白鴉協約，即便他們口頭上都說著絕對不會違背諾言，他們對巫族的迫害卻始終沒有真正停止過。

而柯羅正在遭受這種不人道的迫害。萊特低下頭來，焦慮地將臉埋進掌心。

「不過我們都知道柯羅是無辜的，他們也拷問不出個所以然來。」榭汀說。

「我擔心的不是這個，我擔心的是他們會問出其他祕密。」絲蘭轉頭看著萊特，神情肅穆。

萊特抬頭看向絲蘭，很快就明白對方所指的是什麼。真正的祕密——他是女巫和教士的孩子，禁忌的存在，早就應該被抹滅的結晶。

「如果被發現那個祕密，對我們來說才是真正危險的事情。」絲蘭說。

萊特當然明白，如果自己的身分被知道了，會有什麼樣的後果。

不過此刻他更擔心的是人在女巫地牢裡的柯羅，他根本不敢想像教廷會怎樣拷問對方。

靜默了半晌，萊特抬起頭來，一臉決絕，「我必須去救出柯羅，不管用什麼方法，而且越早越好。」

「你想怎麼做，劫獄嗎？」榭汀哼了一聲，直到他發現萊特仍然維持著同樣的表情。「你是認真的嗎？那裡可是用利維坦的髮蛇打造出來的地牢。」

「我們還有其他選擇嗎？」萊特說，然後他瞇起眼，「還有你說的利維坦的髮蛇又是什麼？」

榭汀翻了個白眼，一臉看蠢蛋的模樣看著萊特，「要是失敗了得付出什麼代價，你有想清楚嗎？」

聽著兩人你一言我一語，絲蘭在一旁靜默不語，他明白萊特和榭汀的話都不是沒有道理。

一切只是時間早晚的問題，如果什麼都不做，他們就只能被動地等待祕密被戳穿。

柯羅很可能遭受像當年萊特的母親丹德莉恩所遭受過的酷刑與拷問，最後吐出真相，讓事情的走向急轉直下；如果柯羅真的什麼也不願意吐露，他最後可能會和丹德莉恩落得相同的下場，死在異端審判庭上。

但若是真要去劫獄，他們會瞬間變成與整個教廷為敵的狀態。

兩個選擇，是要一腳踏入熔岩內，或是要一腳跳下懸崖的差別而已。

如果是從前，絲蘭絕對會選擇不在此時與教廷為敵，因為受到地獄邊緣衝擊的卡麥兒還在醫護室，他並不想因為任何意外的狀況離開她身邊。

然而現在的情況和以往並不相同……

絲蘭看著萊特，看著他那一頭和母親一樣的金髮，他對萊特還有沒贖完的罪；至於卡麥兒這邊……現在的絲蘭沒有自信，他無法確定自己就算繼續待在她身邊，以後對她來說會有任何好處。

萬一他走上了和丹德莉恩一樣的道路呢？

「絲蘭？」萊特出聲詢問絲蘭的意見。

絲蘭抬起頭，掩飾掉自己的心事，他決定讓萊特選擇他們的下一步該怎麼走。

「你確定你想這麼做嗎，萊特？」絲蘭問。

「我想救出柯羅，不計代價。」萊特的神情很堅定。

絲蘭點點頭，承諾對方：「那麼我明白了，無論如何，我都會幫你。」

不計代價，這是他對丹德莉恩的贖罪。

「謝謝你！絲蘭先生。」萊特感激地看著對方。

榭汀在一旁雙手抱胸，大嘆了口氣，對著絲蘭說：「你這樣簡直是在縱容小孩子玩火，而且還是玩火力發電廠的等級。」

絲蘭沒有多說什麼，態度也很決絕。

榭汀無奈，他看向萊特，「聽著，我認為去劫獄這件事簡直是自殺任務，我並不贊同你這個想法……」

不過看著低垂著腦袋的萊特，貓先生最後又嘆了口氣，聲音也柔和下來，「但你和柯羅都冒險幫助過我，所以如果你有任何需要幫忙的地方，只要我能力範圍所及，我也會幫助你，不管你是要去送死還是要去讓毒蛇玩弄。」

榭汀也給予了他的承諾。

萊特抬起頭來，一下笑顏逐開，他張開雙手準備要擁抱榭汀，卻被榭汀用食指頂開。

「不過條件是這件事情，還有你的祕密，都必須排除丹鹿的參與。」榭汀說，「如果最後我們通通都要出事，我希望至少確保他不會被拖下水。」

「麥子也是。」絲蘭附和。

萊特看了眼兩位男巫，欣然同意，「當然，這也是我原本的想法。」

他明白如果讓鹿學長或小仙女學姐知道了這件事，他們一定會不顧一切地來幫他。

但這是萊特自己必須去面對的事情，無論是鹿學長或小仙女學姐，他都希望他們能好好地、平靜地繼續自己原本的生活。

萊特凝望著丹鹿的背影，丹鹿還在為了不合理的監視和鷹派們吵架。

「不過接下來事情可能只會變得更糟，要闖入女巫地牢不會是一件簡單的事，你真的做好心理準備了嗎，萊特？」絲蘭問。

「是的，我做好心理準備了。」萊特毫無半點遲疑。

「那好，在進入女巫地牢前，我們必須準備一些東西……」絲蘭看向榭汀。

榭汀再度嘆息，點了點頭，「不過……你們打算怎麼做呢？」他看向那些聚集在門口，依然被丹鹿擋在門外的鷹派教士們。

丹鹿看起來已經快擋不住那些傢伙了。

「鷹派教士們看起來不會輕易放過我們，可能我們去上個廁所他們都要通報給教廷知道，我們必須想個辦法瞞住他們……」

「喔！聽著，我有個好點子。」萊特一臉興奮，腦袋上彷彿冒著燈泡。

榭汀瞇著眼，轉頭看向絲蘭，「現在退出還來得及嗎？」

柯羅向來不喜歡伊甸，他知道隱藏在那副溫文儒雅外表下的伊甸也從來都不喜歡自己。

就像極鴉家和銜蛇家一直以來的相處模式，表面相敬如賓，私下卻水火不容。

極鴉家看不起總是想上位成為教廷真正左右手的銜蛇家，而銜蛇家總是視極鴉家為阻礙。

因為無論他們製作出了多精美的巫器，對教廷貢獻了再多的好處，或替教廷做了多少骯髒事……最終他們依然無法取代極鴉家歷任偉大的大女巫。

曾經，柯羅以為伊甸會和從前的銜蛇們走上不同的道路，但如今看來，伊甸也正在步上父祖的後塵。

「唔嗯！」

柯羅緊咬著牙根，嗚咽聲從嘴裡冒出，因為一隻銅蛇正從天花板上垂落，纏緊了他的雙手，將他吊在半空中。此外，還有好幾隻銅蛇正纏繞著他的身體，將他的肢體向各處拉扯。

柯羅全身的肌肉都被拉扯到極限，疼痛讓他眼眶裡的水光不斷凝聚，即使他再如何忍耐，生理性的淚水仍是不斷溢出。

其中纏繞著他頸子的銅蛇更是時不時地縮緊軀體，壓迫他的呼吸，讓他痛苦不堪。

「柯羅，我們可以讓事情變得好過一點，你只需要告訴我，萊特身上藏著什麼祕密就好。」伊甸站在柯羅的面前，語氣平常得像在和他聊天似的。

「萊特……才沒有……什麼祕密，你這瘋子。」柯羅的臉因為銅蛇的纏繞而漲成紅色。

伊甸輕聲嘆息，銅蛇則是將柯羅纏繞得更緊。

「我們在調查某個和瑞文有關的流浪男巫命案時，意外在他嘴裡發現了萊特的袖釦，這表示瑞文也在調查他。」伊甸說，「一個什麼祕密都沒有的教士，卻有那麼多人想探查他的家世背景，你不覺得很奇怪嗎？」

「瑞文那傢伙……做什麼都不奇怪，是你這毒蛇太多疑了……」柯羅勉強著自己對伊甸訕笑，他並不想示弱，即使眼前的伊甸已經和他那些惡毒的影子混在一起。

「你知道嗎？多疑可能就是你們一直當不成大女巫的原……嗚！」

纏在柯羅頸子上的銅蛇忽然縮緊，壓迫著他的氣管讓他說不出話來。

伊甸等了幾秒，在柯羅的臉色由紅轉白之際，他輕輕吹了聲口哨，銅蛇才又放鬆了身體。

柯羅大口吸氣，淚水不斷湧出來。

「我不想傷害你，柯羅，你只需要告訴我你們到底藏著什麼祕密？黑萊塔出事時，你們短暫消失的時間是去了哪裡？」伊甸繼續質問。

「你不想傷害我？笑死人了，那現在這是怎樣？把我抓起來關在女巫地牢裡又是怎樣？」柯羅勉強擠出笑容，即便他渾身上下都痛得要命。

「不要再逞強了，柯羅。我需要知道，萊特到底和這一切有什麼關聯，你們在隱藏什麼，這和瑞文又有什麼關係？」

「沒有關係！有我也不會跟你說！你這教廷的走狗……」柯羅憤怒地吼著。

柯羅的咒罵還沒結束，伊甸打了個響指，原本纏著柯羅的銅蛇倏地放開。柯羅立即摔落地面，花了好一段時間才有力氣爬起來。

「怎樣，放棄了嗎？」柯羅搖搖晃晃地起身，勉強地支撐起自己。

「為什麼要讓事情變得這麼難處理呢？」伊甸冷冷地看著他，「你只需要講出實話就不用繼續受苦，或許還可以念在你的誠實，讓你免於接受異端審判。」

「如果你想對我進行異端審判，想在大庭廣眾之下燒了我，那就去吧！我不在乎！」柯羅瞪著伊甸，態度決絕地緊握雙拳，「因為我就算是死也不會告訴你任何事情，讓你有機會去傷害萊特！」

看著寧死不屈的柯羅，伊甸似乎也明白繼續這樣耗下去不會有任何結果，他輕聲嘆息，閉上雙眼。

就在柯羅以為伊甸要放棄時，再度張開雙眼的伊甸，瞳孔卻變成了細小的直線，宛如毒蛇。

「就為了萊特？」伊甸輕挑眉尾，他語氣平靜地說道：「可是怎麼辦？萊特已經死了。」

柯羅愣在原地，一時間整個世界都安靜了。萊特死了。他消化著這幾個字，眼前站在他的黑影之中的伊甸，和他的黑影一樣露出了詭異的笑容。

「不！才沒有，你騙人！」柯羅大吼出聲。

「我沒有騙你，我很遺憾，但榭汀沒救活他，這是事實。」伊甸面不改色地說著，彷彿他很清楚這是唯一能讓柯羅崩潰的方法。

「你說謊……你說謊！」柯羅跪坐在地，一陣耳鳴。

他心裡很清楚這可能只是伊甸讓他心防潰堤的手段，但另一方面，真的失去了萊特的恐懼又不斷湧上他的喉頭。

你害死他了。

都是你的錯。

「萊特已經不在了，保護他也沒有用，你還是先求自保吧。」

放我出來，柯羅，我可以幫你對付他。

耳鳴聲一結束，頓時所有的聲音又再度湧上來，這回他甚至重新聽見了來自蝕的聲音。

柯羅滿臉淚水，他抬起頭來瞪著伊甸，整座女巫地牢忽然陷入一陣忽明忽暗之中，而他腳下的影子也紛紛轉向，注視著伊甸。

「鏗」的一聲，伊甸聽見了柯羅手上的手銬碎裂的聲音，他瞪著那對他親自製作的手銬，從沒有人能夠破解烏洛波羅斯的箝制。

還沒能明白柯羅是如何辦到的，眼看著柯羅掙脫了束縛，準備將手往腹部上放，伊甸率先喊出了：「偉大的利維坦！」

下一秒，一陣白色的刺眼強光閃現，那渾身如同大理石雕像般，有著一條粗壯蛇尾，純白又強壯的使魔出現在了柯羅的面前。

牠髮上的所有白蛇發出了沙沙沙的聲音，不約而同地吐出蛇信，紛紛對柯羅喊著：「跪下、跪下、跪下！」

柯羅抬起頭來，利維坦的臉一片模糊，髮蛇擋住了主人大部分的面容，凶猛地瞪視著他。

一瞬間，柯羅被一股強烈的力量壓制，被迫趴跪在地面上。他的身體僵硬而震顫，忽然出現在全身各處的劇痛讓之前的蛇刑都變得像兒戲。

彷彿連血管和神經都在被拉扯的疼痛讓柯羅忍不住發出痛苦的尖叫，他臉上和頸上的青筋暴露，雙眼通紅。

「在偉大的利維坦面前，告訴我真相！柯羅！」伊甸吼出聲來。

「說出真相、說出真相、說出真相。」利維坦的髮蛇們也紛紛附和。

因疼痛而淚流滿面的柯羅趴跪在地上，卻仍然再次頑強地抬起頭來，用盡全力對著伊甸說道：「不……想得美。」

「既然如此，就休怪我無情了。」伊甸冷下臉。

CHAPTER

9

劫獄

丹鹿總覺得有什麼地方不對勁。

不只是因為現在他們的辦公室擠滿一堆凶神惡煞的鷹派教士，監視著他們的一舉一動；更是因為從剛剛開始，他的伙伴們都異常冷靜。

像是榭汀，他現在正一臉愜意地調製著藥水。

至於萊特和絲蘭，從剛剛開始就一直躲在溫室裡喝著茶，一言不發地望著對方微笑，看起來莫名的毛骨悚然。

「喂，萊特和絲蘭還好嗎？」他忍不住湊到榭汀身邊詢問。

榭汀看了眼萊特，好像不是很在意地說道：「多虧你，他們很好。」

「多虧我是什麼意思？」丹鹿一頭霧水。

「多虧你剛剛一個人擋在門口和那群鷹派教士們盧小小，所以為我們爭取到了一點準備的時間。」

「準備什麼的時間？」丹鹿一頭霧水。

「準備下午茶的時間。」榭汀笑瞇了眼。

丹鹿依舊有聽沒有懂，他皺著眉頭小聲詢問：「你怎麼還有開玩笑的心情？照理來說，我們是不是應該要趕緊討論一下在這麼多教廷安排的眼線之下，該怎麼把柯羅救出來嗎？」

丹鹿不能理解為什麼只有他在急這件事。

「這件事情不用你擔心，有人去處理了。」榭汀說，「我們只要繼續在這裡，扮演乖乖牌就好，不要引起騷動。」

「誰去處理了？」丹鹿完全聽不懂榭汀在說什麼，他們現在全都在這裡，是有誰能去處理柯羅的事情。

榭汀沒有回答，幾個跟著丹鹿一起走進來的鷹派教士卻出聲了：「喂！你們鬼鬼祟祟地在討論什麼？另外兩個傢伙呢？」

「不是就在那裡坐得好好的嗎？你們沒有眼睛？」榭汀冷冷地說道。

鷹派教士們沒有說話，只是順著榭汀的視線望過去。看到坐在溫室角落深情凝望對方的萊特和絲蘭，他們戒備的態度才稍微放鬆了點，同時，鄙視的態度也多了些。

因為大家老早就聽聞黑萊塔的男巫和教士可能有什麼不正當的關係……

鷹派教士們互相交換了個不屑的眼神，然後繼續駐守在溫室旁，注意著他們的一舉一動。

丹鹿一臉嫌惡，一旁的榭汀卻友善地出聲詢問：「要加入我們一起喝杯茶嗎？」

「不了，誰知道你會在茶裡放什麼東西。」鷹派教士們拒絕得很乾脆。

丹鹿皺起眉頭看向榭汀，平常脾氣很大的貓先生卻沒出聲諷刺對方，只是靜靜地煮著他的茶，「你對萊特都沒對他們這麼好！」他忍不住斥責。

榭汀不予置評。

看著貓先生一派悠閒的模樣，已經焦慮到要在溫室裡團團轉的丹鹿只好自己去找萊特問個清楚。

「等等，鹿……」榭汀喊他他也沒理。

打斷萊特和絲蘭那詭異的深情凝望，丹鹿理直氣壯地坐進他們之間，湊到萊特身邊。

「喂，萊特。」

「嗯？」萊特應話的語氣很平板，詭異得像手機裡的語音系統。

丹鹿沒有多想，傾身正準備和他說話，卻發現萊特臉上溼漉漉的，不斷出汁，臉色也異常蒼白。他身旁的絲蘭也是如此。

一股濃臭的白蘿蔔味傳過來，丹鹿眉頭越皺越深，眼尖的他注意到萊特身上沾染著些許泥土，這讓他的視線忍不住飄往之前榭汀用來種植白蘿蔔兄弟的花園。

原先被鋪平的土壤裡不知何時又多了兩個大洞出來。

敏銳的丹鹿看著在日光下，身上泛著潮溼氣息的萊特，視線又隨著日光往上望去……

平常都是緊緊關闔著，防止一些奇怪植物攀爬出去的溫室天窗之中，有一扇很顯眼地被打了開來，並且在他往上望去時，瞬間被關上。

丹鹿腦裡的某條筋在燃燒，正在解析著眼前的一切線索；而當他的視線再望回眼前那個愣頭愣腦的萊特身上時，他忍不住尖叫了——因為那個萊特在對著他傻笑的同時，鼻子也從臉上像坨泥一樣滑了下來。

「果然只有那點時間種植不出穩定的替代品。」榭汀則是神不知鬼不覺地出現在他身旁，一邊自言自語，一邊替「萊特」將鼻子捏了回去。

「幹嘛！出什麼事了？」

聽到尖叫聲，駐守的鷹派教士們紛紛闖入查看狀況，只是一進到溫室裡，卻看到兩名教士和兩名男巫依舊乖乖地坐在他們的小圓桌旁享用著下午茶。

「沒事，只是某人不小心被茶燙傷了，是不是？鹿鹿。」榭汀一臉稀鬆平常地替丹鹿倒上熱茶，也替「萊特」和「絲蘭」補滿他們的熱茶。

丹鹿遮著嘴，瞪大了眼睛點頭，看起來真的就像是剛被燙傷了舌頭一樣。

「不要耍小花招，我們都看著。」為首的鷹派教士說，視線如鷹隼般銳利。

榭汀只是微笑著不說話，一旁的丹鹿跟著陪笑臉，一邊卻在桌子底下踢著榭汀的小腿，結果被對方反踢了一腳。

「噢！」蹲到桌下按住小腿的丹鹿很快抬起頭來，在鷹派教士們看不到的角度用唇形質問榭汀：「到底是怎麼回事？什麼時候調換過來的？你們是怎麼辦到的？」

「魔法啊，我們最擅長的事。」榭汀對著丹鹿眨眼。

「但是……」丹鹿拍桌起身，在看到鷹派教士們的視線又紛紛望過來時，才又坐回了位置上，勉強自己再度演出和樂融融聊天的模樣，嘴裡問的卻是：「萊特和絲蘭呢？他們兩個到底去了哪裡？」

「你說呢？」

丹鹿抹了把臉，其實心裡早就有底了，原來只剩他一個人在焦慮是有原因的。

「他怎麼可以都不跟我商量呢？明明可以跟我討論好……」

丹鹿正要進行一輪新的碎碎念，他身旁的白蘿蔔萊特卻往他嘴裡塞著小餅乾。

「噓，現在不是碎碎念怎麼大家不帶你一起玩的時候。」榭汀坐在桌上，用背影遮住了丹鹿和自己，他按住丹鹿的嘴，「現在我們最重要的任務是假裝什麼都不知道，乖乖地待在這裡，讓所有人都以為我們還在這裡跟萊特還有絲蘭一起喝下午茶，不去注意其他的事情，明白嗎？」

榭汀看著丹鹿，直到丹鹿點頭。

「現在，不要露出沉重的表情，笑一個。」榭汀說。

丹鹿抬頭再度往那扇原本打開的天窗望去，他輕嘆了口氣，最後露出職業性的教士微笑。

一扇門悄悄地在教廷放著聖酒的地窖中打開來，金髮教士從裡頭滾了出來，姿態就像特務一樣。他躲在樓梯後面，舉著他的手指手槍。

紫髮男巫隨後拄著手杖從後方走了出來，他站在金髮教士身邊，深呼吸一口氣。

有時候絲蘭必須不斷提醒自己萊特是丹德莉恩的孩子，才能克制住用手杖揍對方一頓的衝動。

但絲蘭還是忍不住敲了萊特的屁股一下，「起來，我們又不是在演諜報片。」

「可是前面有兩個教士在門口守……」萊特的話音還沒落下，一轉頭，原本守在樓梯口的兩名教士就往下掉進了忽然出現的門裡。

萊特轉頭看向絲蘭，絲蘭聳了聳肩，大搖大擺地往前走著。

「大部分的教士都被調去追捕瑞文了，守在教廷的教士不多，區區幾個人不是問題。」

萊特跟隨著絲蘭一路往地下更深處前進，路上他們遇到的守門人，要嘛從絲蘭的門掉進了不知名的地方，要嘛被絲蘭的蜘蛛們用蛛絲捆了起來。

原本以為自己難得能動動手腳，用上在神學院學到的武術對付那些教士的萊特，最後只能變成小跟班，在絲蘭身後對著那些教士灑灑貓先生給他的藥水，讓教士們陷入沉睡。

「醒來之後你們會忘記所有的事情喔！」萊特還會貼心地在每個被他們弄昏的教士耳邊輕聲說道，就差沒落下一個睡前吻了。

看著絲蘭用巫術輕鬆地帶著他一路前行，萊特忍不住好奇道：「如果我是女巫的孩子，代表我也是巫族的人，一半巫族一半教士，那麼照理來說，我也會有巫術，對嗎？」

絲蘭頓了頓，在昏暗的地窖裡，他轉頭看向萊特，「是的。」

「但是我的巫術會是什麼？我也能變出門嗎？還是我也能控制光影？」萊特伸手往空曠處一揮……什麼事都沒有發生。

「每個人的巫術能力都不太一樣，你的不會跟我們完全相同。」絲蘭說。

「或是，我根本沒有巫術？」

「不，我認為你有，而且是個很作弊的能力，也是我們現在需要用到的能力，你只是一直沒有注意到。」

萊特一臉不解地歪著腦袋，他隨著絲蘭的步伐，停頓在一扇厚重的銅門前。銅門上布滿爬行的毒蛇，對他們嘶嘶地吐著蛇信。

「什麼能力？」

「你的幸運。」絲蘭說。

萊特安靜了幾秒，笑出聲來，「絲蘭先生什麼時候這麼會開玩笑了？」

「我才沒有開玩笑。」絲蘭瞪了對方一眼，再次提醒自己萊特是丹德莉恩的孩子，「如果你是魔羊家的孩子，那麼是的，你的巫術很可能就是你的幸運。」

萊特看起來還有點疑惑，但是絲蘭現在沒時間開導對方；他用手杖往地上輕輕一敲，他的蜘蛛們從四面八方湧上前，開始織著大量的蛛網，把毒蛇困在裡面。

厚重的銅門被開啟了一小條縫隙，後面出現了銅蛇爬行的鏗鏘聲，以及齒輪與時針轉動的大量雜音。

「聽好，這裡會派這麼少人來看管的原因，是因為銜蛇家的人對他們打造的女巫地牢向來很有自信。」絲蘭指著銅門之後，「女巫地牢是用使魔利維坦的其中一根髮蛇所打造，那根髮蛇控制著整座地牢，會削弱巫族的能力、崩解巫族的心智。」

「這就是你不能直接把我們送進去裡面找柯羅的原因？」萊特問。

絲蘭點頭，「除了這點之外，女巫地牢就像座大型迷宮，如果沒有我的蜘蛛們幫忙，根本找不到柯羅究竟被關在哪裡。」

「可是蜘蛛們跟進去又會逐漸變成普通蜘蛛？」

「是的，我用柯羅實驗過了，我派去跟在他身邊的蜘蛛們毫無回應。」

「所以如果我們進到裡面，不只找不到柯羅，還很有可能也會被困在裡面？」萊特盯著門後，任務比想像中的還要困難。

「對，但只要解決掉利維坦的那隻髮蛇，這些問題就會迎刃而解，女巫地牢只會變成普通的地牢。」絲蘭說。

「這就是貓先生給了我這個的原因？」萊特從口袋裡掏出一顆硬幣大小的蘋果。

那是被貓先生稱為「禁果」的一種果實，用途不明，只知道含有劇毒。在他們從黑萊塔溜走前，榭汀從他的花園裡親自摘下，小心翼翼地交給他，並且千交代萬交代絕對不能吞下去的危險物品。

「對，我們要對利維坦的髮蛇下毒，這樣可以暫時癱瘓整座女巫地牢。」絲蘭說，「一旦女巫地牢的箝制失效，我的蜘蛛們就會恢復，告訴我柯羅和你的位置在哪裡，到時候我就能把我們一起帶走……」

地窖外傳來的腳步聲打斷了他們的對話，兩人噤聲，直到腳步聲走遠。

「這裡隨時會有人來，我必須在外面守著，確保沒有人打擾，也確保我們兩人不會都迷失在地牢裡。」絲蘭按著萊特的肩膀，幾隻蜘蛛跳上了萊特的頭髮，鑽進裡面。「你必須進去，找到利維坦的髮蛇，將禁果餵給牠吃。」

萊特點點頭，他只有一個疑問：「但我該怎麼找到利維坦的髮蛇？」

絲蘭看著萊特，一臉嚴肅地說道：「用你的巫術，跟著你的直覺走。」

「什麼巫術？」

「不是才告訴過你嗎？就是你的幸運。」

幸運。

幸運之所以為幸運，就是因為它是隨機的、不可測的運氣，不是嗎？到底要怎麼使用？

萊特腦袋裡亂糟糟的，他獨自走在偌大的女巫地牢裡，這裡四面八方都布滿著齒輪、指針和大量的蛇類蜷曲爬行。

無論面向何處，所看到的景象都是一樣的。

在萊特進入女巫地牢之前，絲蘭和他說過，銜蛇家太過驕傲，所以從不願意承認，但女巫地牢並不是真的十全十美；巫族一旦進入女巫地牢內，巫力是會逐漸被削弱沒錯，但在那之前還有段短暫的緩衝期。

而萊特必須在這個時差之內，憑藉自己的運氣，也就是絲蘭先生口中屬於他的「巫術」，在滿山滿谷的銅蛇之中，找屬於到利維坦的那根頭髮。

不過……直到現在萊特還是很懷疑自己是不是真的有這種巫術。他生來一直是個很幸運的傢伙沒錯，但那真的不是一時的運氣而已嗎？

看著像萬花筒般讓人眼花撩亂又壓迫感極重的女巫地牢，萊特茫然地在這座迷宮陣裡走來走去。

女巫地牢裡的走道會隨著齒輪的轉動而不斷移動，無論往右邊走、還是往左邊走，最後似乎都會走回最開頭的地方。不要說巫族了，一般人可能光看到這毫無規律的地牢路線，都會立刻放棄逃出去的求生意志。

才進來沒多久，毫不意外的，萊特已經完全迷失了方向。他站在原地，手足無措，究竟他該怎麼使用自己的「巫術」，找到他要的東西呢？

「巫術……巫術！我、超、幸、運！利維坦的頭髮就在……那裡！」萊特刻意閉上眼，試著隨手指了個方向，但那個方向什麼都沒有，只有一堆高高抬起頭、敵意很重的銅蛇。

可惡，看來巫術不是這樣運作的……難不成他應該先跳個魔法少女舞蹈霹靂卡霹靂拉拉之類的？萊特心想，就在他考慮著是不是真的要來一場熱舞時，那些原先掛在天花板上的銅蛇卻忽然紛紛掉落。

萊特面前下起了一場駭人的蛇雨。

他渾身一顫，看著銅蛇堆疊，如潮水般不停湧向前，冰冷的視線也不斷聚集在他身上。

除了眼花撩亂和摸不清方向的困難要解決之外，女巫地牢裡的另一項大麻煩就是這些成千上萬的銅蛇。

為了防止自己一開始就被攻擊，萊特還按照榭汀的交代在身上噴了一大堆的維納斯的愛戀，試圖讓銅蛇們的敵意減緩。

但在女巫地牢裡，榭汀的藥水效用消失得似乎極快，越來越多的銅蛇聚集過來，開始對萊特吐起蛇信。

一隻銅蛇帶頭對萊特發動攻擊，雖然萊特及時閃過、又一腳踹開了那條銅蛇；但在它的帶領下，其他銅蛇也不再猶豫，紛紛齜牙咧嘴地衝向萊特。

見狀，萊特從口袋掏出臨走前榭汀給他的瓶瓶罐罐，一把扔向那群銅蛇。藥水在空中炸開，前面幾排的銅蛇有些在瞬間石化、有些腐蝕開來、更有些直接被藍色的火焰燒成焦炭，但這都沒能阻止後面更多的銅蛇湧上。

萊特繼續掏著口袋，卻發現裡頭空了，被逼到角落的他已經無計可施。

看著從四面八方湧上的凶猛銅蛇，無助的萊特挫敗地低下頭來，卻看到自己的影子在腳下堅定地站著。

黑色的影子讓他想起了柯羅，如果柯羅在場，他一定會知道接下來該怎麼做吧？

他可能會很酷地打個響指，讓銅蛇的影子們活過來，反過來綁縛它們自己；也有可能讓天上炸出一束刺眼的亮光，讓銅蛇們暫時失明，好讓他們有時間逃跑。

柯羅總是很輕易地就能變出讓人驚豔的巫術。

他曾經問過柯羅是怎麼做到的，柯羅卻老是一副酷酷的、神神祕祕的模樣，只有在他盧到不行的時候才告訴他——深呼吸、集中精神，專心想像，然後相信自己的力量。

萊特盯著自己的影子，柯羅彷彿就出現在他的面前，和他說著同樣的話。

看著成堆的銅蛇，萊特握緊拳頭，他深吸了口氣。

對，然後集中精神，萊特，專心想著你要什麼。

萊特不再退後，而是往前了一步。

一隻銅蛇想要攻擊他，卻在衝向萊特時，被其他也想攻擊萊特的銅蛇撞倒了。爭先恐後的銅蛇們糾纏成一團，越滾越大坨。

幾隻出嘴要咬萊特的銅蛇也都失了準頭，讓萊特輕鬆地避開了攻擊，而它們則是不小心咬上了自己的伙伴。

原本共同攻擊著萊特的銅蛇們，開始因為失誤而惱羞成怒地內鬥起來。

萊特在蛇群裡跟隨著自己的影子往前走，湧上前的銅蛇要嘛滑稽地自己跌倒，要嘛攻擊錯了對象，它們沒意識到自己逐漸為這位白衣教士讓開了路。

影子在光源的變化下越變越短，最後駐足在某處。

順著直覺，萊特因為影子的駐足而停下腳步，他的視線從自己腳下往頭頂望了上去。

天花板上，在幾百條金色的銅蛇之中，一條和其他同類顏色明顯不同、蒼白光滑的白蛇就蜷曲在巨大的齒輪之間，一路垂延而下。

萊特歪著腦袋看著那條白蛇，白蛇也歪著腦袋看他。

「賓果！」

就在萊特張開雙手開心地大喊的同時，白蛇也凶猛地張開了大嘴往他撲來。情急之下，萊特反射性地將手上的禁果砸進那條白蛇的嘴裡。

迷你蘋果般的禁果在白蛇嘴中炸裂開來，血紅色的汁液如同煙霧逸散。

白蛇張大了嘴，蛇身抽搐扭曲著，原本白淨光滑的表皮泛起了大量的黑色血皰，變黑的蛇身不斷往下墜落，像條永無止境的粗長巨繩。

把自己蜷縮起來的萊特在經歷了漫長的等待之後，白蛇的蛇身才終於全數墜落在地。

萊特心驚膽顫地眨著眼，圍繞在身旁一圈又一圈的巨大蛇身已經因為禁果而腐蝕了一半，看著那發黑又起皰的駭人模樣，他只慶幸自己沒真的亂舔貓先生給他的東西。

不過貓先生當時可是隨手從花園裡摘下來的，這種東西種在花園裡好嗎？

還沒思考完這件事，萊特注意到天花板上那些不停轉動的齒輪在白蛇死亡後，也都跟著全部卡死，停止轉動。

連那些銅蛇也全都蜷曲起身體，不再動作。

原先看似複雜的地牢同樣在一切停止的那一剎那停止移動，清楚地勾畫出真正的方向，右邊是右邊，左邊是左邊了。

絲蘭的蜘蛛們從萊特的頭髮裡爬了出來，在他身上尖叫歡跳，把他視為英雄一樣崇拜；有幾隻則是迅速地垂落地面，分頭去尋找牠們的主人，以及跟著柯羅一起走失在女巫地牢裡的同伴們。

接受完了蜘蛛們的歡呼，還沒開心多久，在瞬間安靜下來的女巫地牢裡，萊特聽見了從更深的地牢內傳來的聲音。

那熟悉的聲音正發出痛苦的哀嚎。

——柯羅？

萊特凝視著地牢深處，他往聲音來源的方向直奔而去。

而此刻，女巫地牢之外的絲蘭也注意到那些被蜘蛛網困住而不斷掙扎的銅蛇忽然蜷曲起身體來。

絲蘭知道萊特達成了他給他的任務，依靠著他的「幸運」。他忍不住勾起嘴角，「那個小白痴果然是……」

話還沒說完，絲蘭的蜘蛛們忽然從打開的縫隙中溜出來，一路盪到他髮上，耳語著：「尖叫！快點！求救！」

絲蘭皺起眉頭，用手杖猛力往地板上敲擊，被銅蛇們纏住的大門這次輕而易舉地敞開。

「帶我去找萊特。」

CHAPTER 10

贈禮之地

柯羅的腦袋被無形的力量重重地壓在地上，撞擊讓他眼前一片發黑。

「柯羅，不要再鬧了，說出所有祕密，或許教廷可以從輕追究你的責任。」伊甸出聲，語氣比原先還溫和。

利維坦的髮蛇們也跟著附和：「說出祕密、說出祕密、說出祕密。」

「說出來，只要接受一些懲罰，你就可以回去黑萊塔過你舒服的日子。」伊甸繼續提著有利的條件。

但柯羅知道那只是來自毒蛇的誘惑而已。

「我根本就沒有……什麼祕密！你還想要我說什麼？」柯羅咬緊牙根，再張開眼時，血水已經染紅了他的眼睛。

「別睜眼說瞎話了，柯羅。」伊甸站在柯羅面前，沉聲說道：「在萊特成為你的督導教士後發生了這麼多事，瑞文選擇在這時候回歸，暗中調查萊特，又在這種情況下這麼輕易地闖入了黑萊塔，你要說你沒有祕密？」

「沒有就是沒有……」

「抬起頭來！注視著偉大的利維坦！」利維坦發出了低沉的吼叫聲，整座地牢都為之震動。

柯羅的頭髮被無形的力量向後拉扯，被迫抬起頭來，面對伊甸還有他身後巨大的利維坦。

「說出你的祕密！男巫！」利維坦命令道。

柯羅這次終於看清楚了利維坦的臉，那可能是他這輩子看過最醜陋的臉了，嚴肅、糾結、充滿憤怒與自負，五官全數皺在一起的可怕臉孔。

柯羅想嘲笑對方，整個腦袋和臉卻開始出現不斷被擠壓的劇痛，那讓他的眼淚又忍不住流了下來，混合著鮮血。

「不然……怎樣？你要殺了我嗎？伊甸。」

「我不會殺了你，我只會持續折磨你，直到你說出祕密。」伊甸說。利維坦在他身後，粗長的尾巴在空中甩著。

「我說了，沒有……祕密。」

「不說的原因是什麼？為了贖罪？」伊甸讓利維坦將柯羅吊到半空中，攤開他的雙手，讓他最脆弱的部分展露出來。「因為萊特的死亡是你造成的。」

伊甸不斷戳著柯羅最在乎的痛處。

「他沒有……沒有……」柯羅想反駁，可是此時的他已經不確定訊息的真偽了。他在女巫地牢裡待了不知道多久，如果在這段時間裡，萊特真的已經離開了呢？

而這一切都是他造成的。

「一切都是你的錯，所以你想為他守護祕密？」

「你都已經害死他了，還想守護什麼祕密？」

伊甸和利維坦的聲音交疊起來，隨著疼痛鑽入柯羅的腦中。溫熱的鮮血從柯羅的鼻子裡流出，他的意識開始變得模糊，耳朵也因為疼痛而發出嗡嗡嗚響。

「說出來，柯羅，說出來你就會輕鬆點。」

柯羅看著伊甸，對方的臉在他面前逐漸模糊扭曲起來，變得像利維坦一樣恐怖駭人。

柯羅不知道自己還能撐多久，他渾身都疼痛不堪，他的精神疲憊，同時感到哀傷與憤怒。

萊特不在了，他的世界也會崩壞。

柯羅低頭，看著自己額頭上的鮮血滴落在影子上，他的影子忽然抖了一下，並且對他露出笑容。

利維坦壓制著他，卻沒壓制住他的影子。

——柯羅。

是時候了吧？

柯羅清楚地聽見了蝕的聲音。

小鑽石不在了，就沒什麼好忍耐的了。

放我出來，我可以順著你的願望，吃掉利維坦那條醜陋的毒蛇；我也可以順著你的乞求，撕裂那個戴著眼鏡的男巫。

你想要對不對？

吃了，殺了。

柯羅圓睜著眼，這是他想要的嗎？吃了利維坦，殺了伊甸。

對、對。

吃了，殺了，然後這次你必須用你的美夢餵飽我。

柯羅看著自己的影子緩緩伸出手，模仿著他召喚蝕時的動作，將手掌平放在下腹上。

柯羅張嘴，卻在下一秒猶豫起來。如果萊特此時在他身邊，一定會用盡全力阻止這一切的發生吧？

別猶豫，你的小鑽石已經不在了啊。

你應該憤怒、應該瘋狂。

吃了，殺了，不要猶豫。

柯羅緊閉雙眼，淚水再度滴落，他抬起頭來看向伊甸，憤怒地大吼著：

「我要殺了你！撕碎你！」

「柯羅——」

「**敲敲門！**」

柯羅聽見利維坦憤怒的低吼聲、伊甸的斥責聲、蝕在大笑的聲音，以及萊特呼喊著他的名字的聲音……

倒抽了一口氣，柯羅打住聲音，下意識地往牢房外望去。

那是幻覺嗎？他看到萊特站在外頭，喊著他的名字。

「萊……特？」

喊出萊特名字的不是柯羅，而是同樣一臉震驚的伊甸。

柯羅在這個時候知道了那不是自己的錯覺。

「為什麼你會出現在這裡？」伊甸不解地看著牢房外的萊特，「你是怎麼找到……」他後知後覺地往上望去，這才發現女巫地牢竟然已經停止運作。

「放開柯羅！你這隻看起來超酷但是……現在不是稱讚你的時候的使魔！」萊特對著伊甸和利維坦喊道，隨手掏了個東西往利維坦身上丟。

利維坦和牠的髮蛇們就這麼眼睜睜地看著一團紙屑被丟到牠身上，然後彈開。

「……」

那是一團過期發票。

沒辦法，萊特手上真的沒有其他武器或貓先生的魔藥植物和藥水了。

柯羅的腦袋和身體真的很痛，但在看到活蹦亂跳的萊特還有他一如往常般無厘頭的作為後，他還是忍不住笑出聲來。

然而過期發票的無禮顯然讓偉大的利維坦震怒了。

「你這個愚蠢的人類！竟然膽敢對偉大的利維坦扔垃圾！」

一瞬間，女巫地牢天搖地動，天花板上掛著的那些齒輪和銅蛇開始向下墜落。

萊特閃躲著掉落的巨大齒輪與銅蛇，卻也正好避開了利維坦的視線。

「站住！人類！乖乖地向偉大的利維坦下跪！」巨大的使魔肌肉賁張，青筋暴露，指著萊特瘋狂怒吼。

萊特卻沒有在聽話，左躲右閃，像隻動作靈巧又狡詐的老鼠。

看著由歷任銜蛇男巫精心打造出來、此時逐漸崩塌的女巫地牢，伊甸皺起眉頭，對著萊特喊話：「萊特！不要胡鬧了，你知道你現在犯了重罪嗎？怎麼可以私闖女巫地牢？」

「你呢！為什麼在做這種事！」萊特卻躲進了暗處，對著伊甸頂嘴，「大學長知道這件事嗎？」

「這跟約書沒有關係，我只是奉教廷的命令行事而已。」伊甸沉下臉，蛇瞳在微弱的燈光下閃著金色的光芒。「我只是想問出一些關於瑞文的事情，我也認為你們有什麼祕密在瞞著我。」

伊甸輕輕動著手指，不著痕跡地派出手邊僅存的烏洛波羅斯去尋找萊特的蹤跡。

「為什麼不好好告訴我你們究竟在隱瞞什麼呢？不管是任何事情，告訴我，或許我和約書能想辦法幫忙解決。」

「萊特！快跑，不要相信毒蛇的話！」柯羅掙扎著，卻沒能阻止一路爬向暗處的烏洛波羅斯。

銅蛇們湧進暗處，萊特發出一聲尖叫，可接著倒在地上的卻是那群銅蛇。伊甸的銅蛇僵硬地癱軟在地，幾隻紅色的小蠍子則是從它們身上爬了出來。

另一間牢房的犯人發出了嘻嘻的笑聲。

「賽勒！」伊甸不悅地對著那個聲音吼道。

「賽勒！」萊特則是驚喜地喊出聲來。

「夠了！」

看著眼前的鬧劇，利維坦氣得大吼一聲，牠頭上的髮蛇飛奔而出。「出來！人類，不然偉大的利維坦要讓你付出代價！」

白色的髮蛇們紛紛從利維坦的頭頂滑下，凶猛又惡毒地瞪視著那幾隻準備進行攻擊的蠍子。

蠍子們立刻顫抖不已，倒地翻肚，而髮蛇們則一口一隻吞掉了所有的蠍子，狡猾又迅速地吐著蛇信，敏銳地逡巡著萊特躲藏的方向。

「萊特！不要看那些白蛇的眼睛！」柯羅高聲喊著。

「你閉嘴！」光了頭的利維坦瞪向柯羅，拉扯著柯羅的四肢。

柯羅痛呼出聲，腹部內的蝕依舊喊著：吃了，殺了！

沒有理會蝕，柯羅仍然大喊著：「快跑！萊特！」

而此時，面對四面八方湧上的髮蛇，萊特被迫瞇著眼睛逃跑，他一路跌跌撞撞，好在運氣極佳的他還是多次躲過了白蛇的攻擊。

這讓利維坦更加憤怒了，牠發出了震耳欲聾的吼聲，女巫地牢變成了一片詭異的死白。

「真的是胡來！偉大的利維坦怎麼能讓渺小的人類戲弄。」

瞬間，倒下的巨大齒輪擋住了萊特的去路，而一湧而上的髮蛇也將他逼至角落，就算他試著不和髮蛇們對上眼，也無處可去。

「偉大的利維坦必須懲罰這個人類！」利維坦聳起高壯的肩膀，揮舞著尾巴朝萊特走去。

「住手！伊旬，叫他住手！」柯羅對伊旬吼著。

伊旬卻充耳不聞，冷冷地望著柯羅，「除非你說出你們的祕密。」

柯羅咬牙，他的影子再度將手放到了腹部上。

「敲敲──」

就在柯羅準備召喚出蝕，而利維坦也拆開了牢籠，逼近萊特，舉起了牠如響尾蛇般的尾巴之際。

萊特張開了眼，卻沒對上利維坦的雙眼，因為他往後跌進了一扇門裡。

幾隻巨大的紫色蜘蛛從上方垂吊而下，有著美麗女性上半身、狼蛛腹部下身的使魔——亞拉妮克出現在利維坦背後，和牠的蜘蛛們一湧而上，用蛛網將之包裹住。

就在這時，柯羅的正上方忽然出現了一道打開的門，萊特則在下一秒從上方墜落，一邊大聲喊著：「柯羅！」

看著朝他直撲而來的萊特，柯羅還沒有實感，直到金髮教士一把撲倒他，像隻大型犬一樣把他緊緊攬進懷裡。

「萊特……」愣了一下的柯羅好半晌才回過神來，小心翼翼地伸手抱住對方，深怕一個不注意抱到的只是幻覺而已。

但萊特就在他懷裡，結實、活蹦亂跳、厚臉皮，又莫名其妙的香噴噴。柯羅抱緊了萊特，淚水一時忍不住占據了整個眼眶。

萊特沒事，萊特還在他身邊。

「柯羅！」

「萊特！」

「柯羅！」

「萊……」

「閉上你們的鳥嘴！要親熱等一下再去親熱！」絲蘭也從天窗中跳了下來，他用手杖往地上一敲，讓原先正要拿出巫毒娃娃的伊甸落入了腳下忽然出現的門扉內。

「我沒料到伊甸也在這裡，我們必須趕快離開。」絲蘭轉頭看著萊特和柯羅。

「你還可以走嗎？柯羅？」萊特扶著渾身傷痕累累的柯羅，一臉擔心地望著他。

「我沒事，我可以走。」柯羅強撐起身體。

「絲蘭先生，我們能帶柯羅回去給貓先生治療嗎？」萊特問，絲蘭卻頻頻搖頭。

「被伊甸發現這件事讓事態變得很棘手，我們不能再回去找榭汀了，那會讓他們一起被拖下水。」絲蘭說，「我們必須找個沒什麼人知道的地方先躲一陣子，也許去鄉下，也許去……」

「我知道可以去哪裡。」萊特忽然說。

「哪裡？」絲蘭問。

「我不知道那個地方的名字或地點……」

「這種時候不要鬧了！萊特！」

說時遲那時快，利維坦用尾巴刺穿了亞拉妮克織出的蜘蛛網，牠的髮蛇從破洞中竄出，咬上了蜘蛛們巨大的腹部。

亞拉妮克也因為被利維坦的尾巴刺了一下而發出巨大的哀嚎聲。

「亞拉妮克！」

而原先絲蘭製造出讓伊甸掉落的門扉非但沒有如預期消失、將伊甸困在某處，原本緊掩的門扉還被強大的力量猛烈敲擊著。

一隻巨大的巫毒娃娃布偶手打爛了門扉。

「聽我說！」萊特抓住絲蘭的手，「雖然我不知道確切地點，但他給我看過片段，只要有片段你就能帶我們去那個地方，對嗎？相信我！」

絲蘭看了眼萊特，又看了眼被攻擊的亞拉妮克，以及快要爬出來的伊甸，他知道這樣下去他們沒有絕對的勝算。很快的，注意到動靜的教廷教士們也會跑來，而若是大主教帶著大女巫出現，他們就真的完全沒有勝算了……

「好吧！想清楚那個畫面！我們要離開了！」絲蘭反過來抓住萊特的手。

萊特才剛閉起眼睛兩秒不到，又張開眼說道：「慢著，等等！我們可以把隔壁那個裸體的傢伙一起帶走嗎？」

「誰？」

「賽勒！」萊特和柯羅異口同聲。

絲蘭才猶豫一秒就知道自己沒時間猶豫了，利維坦和牠的毒蛇們捏爛了亞拉妮克的幾隻蜘蛛，亞拉妮克已經開始竄逃；而伊甸的巫毒娃娃已經幾乎爬了出來，正在將它的主人拉出門外。

「好吧！沒時間了，萊特！快集中精神，想著你要帶我們去的地方！所有人都抓緊我！」

語畢，絲蘭轉身就將萊特和柯羅一起往後推進他製造出的門裡。他們跌進一扇門，直接跌落在另一間牢房裡。

不知為何依然全身赤裸的賽勒剛剛掙脫了鎖鍊，一臉狼狽地和他們面面相覷。

「還記得我啊？幫你們沒白費了……」賽勒挑眉，還想繼續講什麼垃圾話就被柯羅用手臂箝制住了脖子。

「閉嘴！我們要走了！」

在伊甸的巫毒娃娃破牆而入的同時，絲蘭也對著萊特大喊：「你準備好了嗎？」

「好了！」萊特點頭，緊閉雙眼。他們三人緊緊扣住彼此，柯羅還一手多扣了個賽勒。

「亞拉妮克，請歸巢！」絲蘭朝天喊著的同時，亞拉妮克帶著牠剩餘的傷兵們爬向牠的主人。

利維坦卻高舉著尾巴要刺向他們幾人。

在利維坦刺中絲蘭前，亞拉妮克替牠的主人擋了一擊，而絲蘭則趁機帶著所有人穿越進另一扇門扉。

門在伊甸的巫毒娃娃撲上來之前闔上，他們一行人則是往無盡的黑暗深淵之中墜落。

當萊特再度睜開眼時，他正趴躺在柔軟的草地上，一手牽著狼狽地躺在地上、變回幼童模式的絲蘭，另一手則牽著緊緊握著他的手的柯羅。

柯羅就靠躺在某棵大樹下，他臂彎裡的賽勒看起來快被他勒斃了。

周圍一片安靜，只剩下蟲鳴鳥叫，還有賽勒的抱怨聲。

萊特對著柯羅笑開了嘴，而滿臉是傷的柯羅也難得對他露出了微笑。

「我們成功……劫獄了？」萊特傻愣愣地問道。

「看來是的。」

絲蘭的臉色看起很差，他花了好大的功夫才從草地上爬起身，從懷裡掏出一瓶小藥水，珍貴地將裡頭的液體全數喝光殆盡後，整個人看起來才稍微舒服了點。但他依然躺回草地上動也不動。

「呦呼！」萊特爬起來歡呼，「我們做到了！」

「做到什麼？我幫了你們這麼多忙，結果你們連順便拿件衣服給我穿都做不到。」賽勒一記白眼瞪過來，萊特才發現對方依然全身赤裸。

「你為什麼不穿衣服？」萊特尖叫，用打開的手指遮著臉。

「你還問我啊！你們這群黑萊塔的傢伙為什麼不把衣服還我！」賽勒想起來就有氣，他就這麼全身赤裸地被鐵鍊綁住不知道多少天了。「只懂得替別人製造麻煩，結果連幫人……」

「安靜！」受不了的柯羅將自己的西裝外套脫下，丟在賽勒身上。疲憊不堪的他現在只想享受一下沒有齒輪和毒蛇爬行聲的寧靜，還有……

柯羅望向萊特。萊特的氣色看起來不錯，已經沒了當初那副慘白且毫無生氣的模樣。他忍不住揉揉眼，確認自己看到的不是幻覺。

哼嗯……

可惜他肚子裡的蝕發出的聲音他依然能聽到。

「還好嗎？柯羅。」萊特向柯羅伸出手，將他從草地上拉起。

「我沒事。」柯羅逞強道，但他其實整張臉都痛到要炸開了。

「我們應該找個地方幫你治療……」萊特用衣袖替柯羅擦掉臉上的血。

「如果要回去黑萊塔，那是不可能的事情。」絲蘭躺在地上，仰頭看著天空。「伊旬很快就會回去告密，現在知道劫獄的是我們兩個，我們回去只會立刻被抓起來。」

原本他們打算救出柯羅之後先安置他，他們再趁機跑回黑萊塔，假裝什麼事都沒發生；但伊甸的出現改變了計畫……

「我們現在也是逃犯了。」絲蘭終於坐起身來，他看向萊特和柯羅。

「第一次？」賽勒則是一臉戲謔地看向其他人。

一行人看著他，他們都忘了身邊還有個流亡多年的專家。

絲蘭搖搖頭，在萊特的幫助下從草地上站起身；賽勒則是在穿上柯羅的衣服後一個人緩吞吞地起身，然後又對衣服的長度進行起一連串的抱怨。

「總之，我們還是先找個地方安頓吧？」萊特讓柯羅倚靠著他。

「但在安頓之前有個問題。」絲蘭說。

「什麼問題？」

「我們到底天殺的在哪裡！」絲蘭指著四周吼道。

一行人順著絲蘭所指的方向望去，他們身處在一片長滿蒲公英的田野之上，附近幾乎什麼現代建築都沒有，只有一座在陽光下粼粼發光的湖泊、幾處純樸的田野農家，還有成群的……綿羊。

真的是一大群綿羊。牠們聚在一起，一邊嚼著雜草，一邊好奇地看向他們，還有幾隻羊對萊特很有興趣似地跑了過來，開始嚼著他的衣服。

萊特左右張望，看著這陌生卻又熟悉的場景，他深吸一口氣才緩緩說道：「這是我在地獄邊緣裡遇到他時，他給我看的地方。」

「誰？」柯羅問。

「昆廷．蕭伍德，我的……親生父親？」萊特自己的語氣都還不太確定。

「昆廷……給你看的地方？」絲蘭愣在原地。

「對，我想這個地方就是昆廷最後駐足的地方。」萊特說，「他的長眠之地應該就在這裡，而我母親說的贈禮之地也在這裡。」

一行人看著這片陌生的蒲公英草原，紛紛沉默下來，只剩綿羊咩咩叫的聲音，還有賽勒猛打噴嚏的聲音。

好半晌，絲蘭才開口說道：「所以昆廷的墓可能就藏在這個地方。」

「我想是的。」萊特說。

「你想去找出他的墓，是嗎？」柯羅問。

「嗯，我在地獄裡也見到了丹德莉恩，我想知道她究竟留了什麼給我。」萊特說。

柯羅抓緊了萊特的肩膀，「那好，我們就去找出他的墓。」

絲蘭沒有說話，只是靜靜地看著遠處的湖泊，還有眼前這一片長滿蒲公英的田野。

賽勒嘆了口氣，無奈地搖著頭。

「好吧，隨便，但在我們去當盜墓賊之前，可不可以先找一件正式的衣服給我穿？」

沒人理他。

「走吧，我們先找個地方安頓下來。」萊特對著柯羅說。

柯羅點頭，他們身旁的羊群忽然開始集中地往某個方向前進，彷彿在替他們帶路一樣。

萊特也不疑有他，扶著柯羅，自然而然地跟在羊群的後面。

絲蘭也跟了上去，賽勒則是迫於無奈，一個人默默地跟上了男巫們的隊伍。

朱諾找到瑞文的時候，瑞文人正在主臥裡，靜靜地坐在沙發上，看著床鋪上的一件白色教士袍。

每回不管他們輾轉流浪到哪裡暫時落腳，瑞文都會帶著那件教士袍一起行動。

朱諾原本以為那只是瑞文的某種特殊癖好，畢竟之前瑞文就常穿著這件教士袍易容，潛入教廷附近招搖撞騙。

但瑞文總是帶著同一套教士服，有些異常珍惜地保養著。

有時候，瑞文也會像這樣，什麼都不做，就看著那件教士袍發愣，怪裡怪氣的。

朱諾敲響房門，「瑞文，亞森終於把威廉抓出房間了……不過威廉好像做了些傻事，你要來看看嗎？」

大概停頓了一兩秒，瑞文才回過神來。

「什麼傻事，他傷害了自己嗎？」

「傷害自己？我不知道那算不算，但對我來說是像自殘一樣的行為。」朱諾聳聳肩，玩著一頭漂亮的紅色長髮。「我只能說，現在我如果手邊有壞皇后的魔鏡，魔鏡會告訴我，我現在是世界上擁有最漂亮長髮的男巫了，而不再是粉雪公主威廉……」

瑞文微微擰眉，似乎已經猜到了是怎麼回事，「他利用使魔做了什麼是嗎？」

朱諾再次聳肩。

「聰明的孩子。」瑞文勾起嘴角，意有所指。

「你都不怕他做了什麼事害到我們啊？是不是該好好懲罰他一下？」

「不，別這麼壞，他做的事都無傷大雅……再說我們現在需要他做更重要的事。」

「要把那位瘋狂女士的靈魂拉回來了，是嗎？」

「請不要這麼稱呼我母親。」瑞文終於起身，拿起床上的教士袍。

朱諾不以為然地撇撇嘴，他看著瑞文小心翼翼地將教士袍摺好，終於忍不住開口詢問：「對了，你那件教士袍到底是哪來的？誰的教士袍？是哪位鼎鼎有名、值得你這樣珍藏的大教士嗎？」

瑞文沉默了許久才轉過頭來，他對著朱諾微笑，「是某位逝去友人的。我去挖了他的墓，偷了他的衣服，偷了他所有的東西帶回來珍藏，因為我真的很愛他……」

朱諾沒有說話，只是挑眉看著瑞文。

「這樣說你信嗎？」瑞文笑咧了一排牙齒。

「我已經不知道你說的話什麼能信、什麼不能信了，聽起來都很有可能。」

朱諾對瑞文的爛玩笑翻了個大白眼，但瑞文卻一個人笑得很開心，他手裡依然緊緊抱著那件教士袍。

——《夜鴉事典13》完

高寶書版集團
gobooks.com.tw

輕世代 FW371
夜鴉事典 13—往昔之囚—

作　者　碰碰俺爺
繪　者　woonak
編　輯　林雨欣
校　對　薛怡冠
美術編輯　彭裕芳
排　版　彭立瑋

發行人　朱凱蕾
出　版　三日月書版股份有限公司
Printed in Taiwan
地　址　臺北市內湖區洲子街 88 號 3 樓
網　址　www.gobooks.com.tw
電　話　(02) 27992788
電　郵　readers@gobooks.com.tw（讀者服務部）
傳　真　出版部　(02) 27990909　行銷部 (02) 27993088
郵政劃撥　50404557
戶　名　三日月書版股份有限公司
發　行　英屬維京群島商高寶國際有限公司臺灣分公司
Global Group Holdings, Ltd.
初版日期　2022 年 2 月
二刷日期　2022 年 2 月

國家圖書館出版品預行編目 (CIP) 資料

夜鴉事典 / 碰碰俺爺著 .-- 初版 . -- 三日月書版股份有限公司出版：英屬維京群島高寶國際有限公司臺灣分公司發行，2022.02-
冊；　公分 .--

ISBN 978-986-0774-55-9 (第 13 冊：平裝)

863.57　　110020336

◎凡本著作任何圖片、文字及其他內容，未經本公司同意授權者，均不得擅自重製、仿製或以其他方法加以侵害，如一經查獲，必定追究到底，絕不寬貸。

◎版權所有　翻印必究◎

三日月書版

三日月書版